I0689506

Pål H. Christiansen

SOGNI DI GRANDEZZA

**Traduzione dal norvegese di
Annalisa Maurantonio**

Sogni di grandezza

1° edizione

ISBN: 978-1-4466-5605-1

Titolo originale dell'opera:
Drømmer om storhet

Sono un nessuno

Non sarò mai qualcuno.

Tranne che portare in me tutti i sogni del mondo

Alvaro De campos

Che le donne hanno bisogno di tempi lunghi per la toeletta mattutina, è una cosa di cui in genere gli uomini sono consapevoli e per il quale fanno dei "numeri" incredibili. Si alterano e lasciano trasparire la propria impazienza attraverso uggiolii insofferenti e se la prendono con mobili e oggetti.

Ma serve a qualcosa prendere a calci con impazienza la porta del bagno o minacciare di andarsene con la speranza di abbreviare i tempi ? Non peggiora forse la situazione e la rende più penosa? No, é decisamente meglio restarsene seduti ad aspettare che il tempo maturi.

Oltre a scrivere correttamente in norvegese, questa è una delle cose più importanti che la vita mi ha insegnato.

Seduto nella cucina di Helle, ascoltavo l'acqua scorrere in bagno. Sbaglio o ha appena cominciato a insaponarsi la testa? Stava vigorosamente impastando lo shampoo rivitalizzante sulla testa con le sue dita energiche? Dopo sarebbe stato il turno dello sciacquo e del balsamo e poi sarebbe toccato al resto del corpo.

L'orologio sulla parete segnava le 8 e 30. Helle era in fermento e avrebbe cominciato presto a risistemare la cucina. Il frigorifero era nel bel mezzo della stanza insieme alla mensola, alla lavagnetta da cucina e ad una riproduzione di un quadro di Gauguin che rappresentava una donna con bambino in braccio. Il programma era, secondo quanto avevo capito, di ridipingere le pareti di verde, mentre l'arredo doveva essere rossiccio, il colore che secondo lei avevano i mobili in origine.

C'è un'altra cosa che la vita mi ha insegnato riguardo alle donne. Ti fregano facendoti credere che la vita – dopo una bella ripulita – è una vita migliore, una vita con un'infinità di nuove opportunità.

La verità è che solo il lavoro duro ti conduce alle porte del paradiso.

Uscii dalla stanza e mi misi di fronte alla libreria. La finestra del balcone era spalancata e i rumori della città salivano dalla strada: le urla dei bambini a scuola, il tram che passa, il rumore del camion dei rifiuti che si sposta di isolato in isolato.

Sarebbe stato molto meglio parlare di Helle, perché in quanto a ordine nella sua libreria, è un caso disperato. Per esempio, mi balza agli occhi un libro su *"Le zone erogene nel Medioevo"* di un certo Howard Humpelfinger. Non esiterei a dire che la casa editrice avrebbe reso all'umanità un grande servizio se avesse ritirato dal mercato tutte le stampe per mandarle al macero. Il libro era un'opera impareggiabile, piena di errori tipografici da essere illeggibile. Helle aveva avuto premura di collocare quel libro a fianco al Dizionario come se fosse una cosa naturale, come il burro sul pane.

Il Dizionario è uno strumento fantastico. Qui si trova la risposta a tutto ciò che uno si chiede, con una tale precisione e proprietà di linguaggio, quasi da svenire. L'edizione che presi dalla libreria di Helle risaliva al 1982, ma per quel che concerne le domande di carattere linguistico – secondo il mio parere – non è male utilizzare edizioni antecedenti. L'ortografia del 1917 ha, per esempio, delle pagine simpatiche e c'è molto da dire anche su quella del 1907. Ma oltre non ho possibilità di andare.

Rimasi a lungo seduto sul divano immerso nelle diverse spiegazioni dei termini, mentre Helle continuava a fare la doccia come se dinanzi a sé avesse tutta l'eternità. Le parole che mi hanno sempre affascinato sono quelle che descrivono in modo preciso e accurato un fenomeno, un essere o un oggetto, come per esempio, VORACE. VORACE si attribuisce ad un animale tarchiato e rude, soprattutto al lupo. Me lo immagino gironzolare ai confini con la Svezia, solo e affamato a caccia di una pecora da azzannare.

L'acqua della doccia smise di scorrere, ci fu silenzio per un attimo. Cosa stava facendo? Si stava ungendo con quella crema mistica il cui odore lo avverto ogni volta che entro nel suo bagno? o era il turno della pulizia dei denti? Mi alzai e mi avvicinai al bagno.

La porta si spalancò. Helle uscì con un asciugamano intorno alla vita e i capelli bagnati. Sembrava impudentemente serena e di buon umore e si muoveva evidentemente senza fare caso a me, rimasto lì con il Dizionario in mano e l'espressione inebetita e sonnolenta sul viso. La sera prima eravamo andati a dormire tardi, dopo una partita a "Scarabeo" che aveva comportato una serie di discussioni interessanti sull'ortografia corretta di parole come, MENSENDIECK, PSORIASI e ASSESSORE. In quanto a lingua, Helle era una delle poche al mondo di cui potevo fidarmi e sulla quale potevo esercitarmi. Dopo aver vinto la partita grazie alla parola GOMMAGUTTA, abbiamo concluso la serata ognuno con il proprio Lumumba e poi siamo andati a dormire come due bambini spensierati e ci siamo abbandonati ai sogni.

- ESISTE sul serio qualcosa che si chiama GOMMAGUTTA – dissi.

Helle si fermò davanti alla finestra del balcone e si voltò.

- Sta scritto qui – dissi.

- Qui dove? – disse Helle.

- Una GOMMAGUTTA è una gommoresina di alcune garcinie, usata come colorante e, scarsamente, in medicina – dissi.

- O.K. – disse Helle.

E lasciò cadere l'asciugamano. In quell'istante una folata di vento sollevò le tende che svolazzarono come banderuole sul pavimento. E con il vento, mi giunse una forte ondata di sensazioni: Helle stava nuda dinanzi a me e rideva. Io fissavo i suoi seni. Ballonzolavano un po' come se volessero scappare e conquistare nuovi spazi. Mi avvicinai e l'abbracciai, non curante di avere la camicia bianca sudata. Questa era la donna che amavo.

L'appartamento di Helle si trovava al 4° piano e mentre si vestiva, uscii sul balcone per godermi il panorama. In fondo alla strada c'era il camion dei rifiuti e un uomo in divisa arancione che si trascinava dietro un cassonetto da svuotare. C'è qualcosa di conosciuto in quell'uomo – pensai – e mi sporsi per vedere meglio, ma l'uomo era già scomparso. Fare lo spazzino è un lavoro poco considerato, eppure si fa' un po' di esercizio fisico e si smonta subito. Un lavoro non considerato dai poeti, pensai.

Era il 1° settembre e un'ondata di calore aveva attanagliato la regione dell'Østland. In realtà, mi andava abbastanza male, perché da tempo aspettavo l'autunno. Avevo recentemente ripreso a lavorare su un manoscritto nel quale avevo grande fiducia. Se fossi riuscito a portarlo a termine, si sarebbe prospettato il mio esordio da scrittore. Ora si trattava semplicemente di portare il testo al livello necessario per poter mantenere aperte – almeno a metà – le palpebre dei recensori di tutta la nazione. Non vedevo l'ora di riprendere il lavoro, che doveva farsi entro l'autunno quando le giornate si accorciavano, erano più fredde e più buie, e le uscite erano ridotte al minimo indispensabile. L'autunno era decisamente il mio periodo. Il periodo delle riflessioni. Il periodo per meditare sulle grandi questioni dell'esistenza. Ricominciare a costruire da dove avevo lasciato, quando la primavera mi porta fuori rotta con la sua luce e i suoi richiami cinguettanti. Quando ho scritto le mie cose migliori se non in autunno? Alla luce scarna della mia vecchia lampada e in vestaglia, le parole scorrono come la pioggia che cade sull'asfalto buio della città.

Il tram passò mentre stavamo uscendo di casa. Fu l'occasione per accompagnare Helle a lavoro e proseguire a piedi verso il Parco del Castello Reale, giù fino alla redazione del quotidiano. Helle indossava l'abito a fiori estivo che io adoravo e si era raccolta i capelli per sembrare più insegnante.
- Qual è la lezione di oggi, allora ? – domandai prendendola per mano.
- Giambi e trochei – rispose Helle.
- Interessante - esclamai, felice di sapere che i giovani di oggi venivano edotti e introdotti ai versi classici.
- Beh, dipende dai punti di vista – disse Helle.
- E l'anapesto ?, dissi.
- Lo affronteremo più in là. – rispose Helle
- Si potrebbe spendere una vita intera solo per il giambo – dissi.
Giunti al cancello della scuola, Helle mi sistemò il collo della camicia. Poi mi baciò ed entrò nel cortile. Helle era una docente popolare e molti studenti la salutavano. Un paio di ragazzi si spintonarono facendo a gara per tenerle la porta aperta. Alla fine inciamparono l'uno sull'altro ed Helle aprì la porta da sé.

2

Mi sentivo così linguisticamente affinato dopo lo Scarabeo della sera precedente che subito mi misi all'opera appena giunto in redazione. Erano già pronti 4-5 articoli e mi dedicai ad un articolo sulla vita all'aria aperta a Oslo, un pezzo scritto dalla penna di un giornalista navigato che si vantava di non aver mai commesso un errore.

Tutti fanno degli errori, ogni tanto. Sì, è inumano non fare neanche un piccolo errore, dimenticare una lettera durante la battitura, un termine composto o invertire due lettere così da trasformare la parola RAMO in ARMO o MOVIMENTO in RODIMENTO. Erano errori assolutamente comuni nell'indaffarata vita quotidiana di una redazione giornalistica, per cui non vi era motivo di sentirsi umiliati. « Sbagliare è l'unico modo per crescere », soleva ripeterci Holm ogni volta che partecipavamo a un seminario. Ma pur non imparando dai propri errori, si andava ugualmente lontano.

Eppure per quanto attentamente leggessi quell'articolo, non vi trovai nessun errore se non due parole che si erano fuse in una, cosicché QUESTA SERA era diventato STASERA e che non era neanche un vero errore, ma poteva essere stato un errore di battitura o nella peggiore delle ipotesi una distrazione di un decimo di secondo.

L'articolo successivo riguardava gli "A-ha" che avrebbero riunito i propri talenti nel tentativo di riportare al successo il gruppo, dopo che i rispettivi componenti si erano dedicati per diversi anni ognuno alla propria carriera. Morten Harket con i suoi progetti da solista, Magne Furuholmen con la sua arte e la musica per il cinema e Pål Waaktaar con la sua band di famiglia, i Savoy.

Devo dire che questa era una bella notizia, sia per me che per il mondo intero. Quante volte ho ascoltato il pop sofisticato e malinconico degli a-ha mentre scrivevo? Quante volte mi ero lasciato ispirare fino a dilungarmi troppo pensando a Morten, Magne e Pål ? A-ha era uno dei miei gruppi preferiti ed una forza positiva nella vita culturale norvegese e internazionale. Il fatto che ora, dopo le scintille, la stanchezza e le poche vendite, si riunissero era una bella notizia che meritava il suo posto in prima pagina.

L'articolo non si era soffermato su chi avesse litigato con chi o chi avesse acceso la scintilla negli anni che hanno portato allo scioglimento. Però non era certo un segreto che Morten Harket e Pål Waaktaar avessero avuto un rapporto contrastato per un certo periodo. Erano due personalità molto forti che si scontravano. Il fatto che i due, ora, andassero d'accordo, era semplicemente fantastico. Il fatto che stessero realizzando un nuovo album lo era ancora di più.

Il giornalista scriveva il nome del gruppo alternativamente con il trattino e senza. Corressi e inviai l'articolo in stampa e decisi di ascoltare uno dei miei dischi degli a-ha, tanto per cominciare.

A pranzo andai a mensa. Il redattore Holm era seduto a uno dei tavoli in vetrina e conversava con un paio di giornalisti della redazione "feature". Mi sorprese, perché normalmente avrebbe preferito uscire e andare a giocare a golf con un tempo come quello.

Feci due, tre giri tra i tavoli prima di decidermi. Molte cose sembravano allettanti, ma non ero un uomo che si lasciava sedurre dalle insalate, perciò mi decisi per un arrosto con gouda e una tazza di caffè ed uscii.

Holm e gli altri due mi guardarono uscire dalla mensa. Avevo la sensazione che stessero parlando di me e valutai se fosse il caso di tornare indietro e sedermi al loro tavolo e discutere sugli sviluppi del caso Hubbing. Lo esclusi immediatamente e mi affrettai a rientrare in ufficio. Lì potei godermi il mio pranzo in santa pace, mentre mi sforzavo di ricordare il titolo di una famosa poesia di Olaf Bull[1], la cui prima strofa recitava così:

l'estate declina verso l'autunno,
e le corone degli alberi chinano il capo –
oh, l'autunno reclama a gran voce,
prima che i rami nei boschi si indorino !

Credevo che la poesia fosse nella raccolta *Le Stelle* del 1924, ma non ne ero sicuro. Poteva essere, invece, nella raccolta *Poesie Nuove* del 1913, dove c'era anche la poesia *"Nella neve"*. Alla fine telefonai a Helle per farmelo dire, ma non rispose e così lasciai un messaggio sulla sua segreteria, sperando mi richiamasse appena si fosse liberata.

Finii di pranzare e pensavo al mio romanzo. L'inizio era abbastanza buono e prometteva di crescere di intensità: il protagonista torna a casa dopo un lungo viaggio nel deserto e scopre che c'è qualcosa che non va'. Tutti gli uccelli sono scomparsi. Nel suo giardino c'è un totale silenzio, neanche un passerotto che cinguetta. Si arrampica su un albero con la speranza di svelare l'enigma. Ma non ci sono uccelli in vista, né nel suo giardino, né in quello del vicino di casa. Rimane seduto tutto il giorno su un ramo dell'albero e scende solo a tarda sera, fermamente deciso a consacrare la sua vita a riportare gli uccelli nel suo giardino.

L'articolo successivo era proprio quello del capo. Era scritto da Holm che si era preso a cuore il caso Hubbing. Holm mise in dubbio la sicurezza giudiziaria e il ruolo dei media. Che il capo avesse già smontato da lavoro era chiaro dal fatto che stava tornando a casa. E questo spiegava anche un po' di errori: STATO DI DRITTO e SOCETA' e almeno una preposizione completamente dimenticata. In termini di giocatore da golf si direbbe che era hole-in-one. Sui contenuti non mi sono soffermato a riflettere. Poi rimasi seduto ad aspettare.

Helle mi telefonò subito dopo pranzo.

- *"La perdita dell'estate"* – disse – e si trova nella raccolta *Poesie Nuove*.

- Accidenti ! – esclamai – Ero convinto che fosse in *Le Stelle*.

---

[1] Olaf Bull (1883 – 1933), uno dei più significativi scrittori norvegesi. I temi affrontati dalla sua poesia sono: l'amore, l'arte e lo scorrere del tempo [n.d.t.].

- Forse ti confondi con "In Autunno" ? – disse Helle.
- E' probabile – dissi. – Però ricordo tutta la prima strofa.
- Sì, ma è una poesia triste. – disse Helle.

Il calore mi avvolse mentre uscivo dall'ufficio della redazione scendendo lungo la Karl Johan[2]. Il dovere quotidiano era stato svolto e potevo - con la coscienza a posto – indugiare sui pensieri riguardanti i miei scritti. I miei precedenti sforzi letterari erano solo la prima fase di una carriera letteraria in ascesa. Il romanzo *"La lettera"* del 1984 era proprio la storia di una persona che doveva fuggire per potersi creare un proprio spazio. In quello spazio sarebbe potuto accadere di tutto ! Nel racconto *"Ad Harry mancava 1 per far 31"* del 1985 avevo sperimentato per la prima e unica volta le possibilità della prosa breve, e nella raccolta di poesie *"Il Posto delle more"*[3], provai la forma stilistica del sonetto.

Poi il lavoro si è fermato per un po'. Già. A dir la verità non ho pubblicato un libro per oltre dieci anni. Scrivevo, scrivevo, ma non concludevo nulla. Un cambiamento nello spirito dei tempi mi aveva spazzato via dalle accoglienti poltrone delle redazioni delle case editrici; prima mi lasciarono fuori nel corridoio dove, con il cappello in mano, aspettavo ansioso una nuova occasione, mentre le forze nuove dei tempi mi avevano sorpassato in coda. Poi non rimasi neanche più nei corridoi, gironzolavo solo intorno ai venti letterari che ormai perduravano di anno in anno.

Ero amareggiato? No. Ero sconfortato dalla mancanza di livello culturale in questo paese? Sì. Che ne sapeva un norvegese medio di quanto costavano la fatica e le motivazioni di prendere sul serio un sogno? Che ne sapevano loro della strada che porta al successo?

Gli A-ha lo sapevano. Lo avevano provato sulla propria pelle, morti di fame come una moderna riedizione di Hamsun a Londra. Come ratti tra l'immondizia e la sporcizia. Hanno vissuto con la speranza, nella convinzione che possedevano qualcosa di troppo grande per la piccola Norvegia. Qualcosa che sbocciava nel petto e che voleva volare lontano oltre il socialdemocratico, norvegese autocompiacimento. I problemi c'erano, certo, ma li hanno gestiti ! Qualcuno potrebbe dire che è stato solo un colpo di fortuna. A costoro direi che la fortuna non c'entra affatto. È una questione di talento e di come Harket, Furuholmen e Waaktaar si concepivano.

Svoltai alla Karl Johan e proseguii in direzione del Castello. La gente si godeva il bel tempo con boccali di birra e occhiali da sole, seduti fuori ai tavoli dei ristoranti. A Tanum mi fermai per dare un'occhiata alla vetrina. C'erano i nuovi romanzi criminali e si contendevano lo spazio a fianco ai ricettari scritti da cuochi famosi e altri con presunte conoscenze culinarie. Una letteratura seria di genere non esisteva, anzi il Dizionario condivideva un piccolo spazio in occasione della riapertura delle scuole. Proseguii oltre scotendo il capo. Non

---

[2] Karl Johans gate: la strada principale di Oslo. [n.d.t.]

[3] Il titolo originario "Bærtur" è stato volutamente reso in traduzione parafrasando ironicamente un noto e impegnativo testo di Ingmar Bergman. [n.d.t.]

avevo mai dubitato che ci fosse in me qualcosa in più rispetto a tutti questi dilettanti che tentavano di scrivere libri e riuscivano a farseli pubblicare. Persone che non avevano nulla di cui scrivere, poiché qui la gente si aspetta da uno scrittore che pubblichi un libro o due l'anno, pensavo. E si pubblicava, e si vendeva e – ciliegina sulla torta – per questa manciata di pseudo-artisti senza idee.

Ora, a onor del vero, non dovrei farmi più grande di quello che sono stato un tempo! Sono assolutamente consapevole che tutto ciò che ho scritto finora sono solo brandelli rispetto a ciò che scriverò. Ma le campane suoneranno presto! Il primo premio per la Letteratura Nordica era assolutamente a portata di mano, diciamo. E il bisogno di scrivere cresceva in me. Ero come un pane che lievitava e che presto sarebbe uscito fuori dallo stampo, fuori dal forno per conquistare il mondo! Cosa diceva Rainer Maria Rilke? Essere artisti significa non saper far di conto, ma saper aspettare pazienti nelle tempeste invernali senza temere che l'estate potrebbe non giungere poi. L'estate giunge per chi è paziente, coloro che vivono sempre come se l'eternità li aspettasse: senza dolore, immobile e infinita. Devo dire che era una faccenda seria questa della pazienza. Era decisamente l'autunno il periodo migliore dell'anno per me.

Attraversai via dell'Università, poi Karl Johan e mi avvicinai alle statue di Ibsen e Bjørnson[4], ognuno sul proprio piedistallo dinanzi al Teatro Nazionale. Era forse una tentazione sorridere di loro tra sé e sé, ma costoro erano persone notoriamente con più cervello rispetto al 99% di coloro che si chiamavano scrittori oggi, pensai fermandomi ad osservare i loro visi: Bjørnson aveva qualcosa di pomposo, Ibsen qualcosa di serio. Due giganti ognuno nel proprio ambito, due che a modo proprio avevano lasciato il segno in questo paese, pensai.

Ma che dire di Wergeland[5], allora ? che ne era stato di lui ?

Mi guardai intorno e lo vidi solo e abbandonato sull'altro lato della strada. Allora era lì che lo avevano messo, già! Certamente in una posizione più favorevole rispetto al palazzo del Parlamento, ma pur sempre da solo.

Wergeland mi sembrò abbastanza soddisfatto quando mi avvicinai per osservarlo. Rispetto agli altri due, c'era qualcosa di vivace e succulento in Wergeland, pensai.

Vidi giungere il tram da Via del Parlamento. Attraversai di nuovo la strada e corsi alla fermata. L'autobus per Tårnåsen giungeva nella direzione opposta appena girai l'angolo.

Ero assolutamente deciso a tornare a casa e mettermi a scrivere appena fossi uscito dal tram. Sulla strada del ritorno sbirciai attraverso i vetri del Fire

---

[4] Henrik Ibsen, noto autore teatrale norvegese e Bjørnstjerne Bjørnson, saggista e novellista di grande fama. [n.d.t.]

[5] Henrik Wergeland (1808 – 1845), poeta simbolo del romanticismo e del nazionalismo norvegese. [n.d.t.]

Høns[6]. Non c'era nessun conoscente all'interno, solo un paio di lavoratori seduti a oziare davanti ad una pinta.

Avevo recentemente letto e corretto un testo sull'importanza di assumere liquidi quando fa caldo. Altrimenti era come l'inferno con quel bel meccanismo che è il corpo umano. Si dovevano assumere dai 10 ai 15 litri al giorno, una cosa che presi con le pinze. Ad ogni modo mi fermai e sentii la camicia appiccicarsi alla schiena. L'equilibrio dei liquidi era decisamente in disordine. Sentivo la testa pesante, mentre le braccia erano sorprendentemente leggere. Temevo che l'ispirazione potesse svanire se non avessi fatto subito qualcosa.

Hjort, come al solito, serviva dietro il bancone, mentre canticchiava uno degli hit estivi di Hubert & Hannkattene[7], "Prendimi a calci".

- Non lo dire – mi disse – vuoi una pinta.

- Senza schiuma – dissi.

- Non vuoi provare una birra dalla Monrovia ? – disse Hjort.

- Da dove? – chiesi.

- Fanno dell'ottima birra laggiù – disse Hjort.

Che cosa ci guadagnava Hjort nel promuovere quella schifezza dalla Liberia, non lo so. Ma sapevo che desideravo solo una comunissima pinta senza schiuma e senza briciole di pane. Fortunatamente rinunciò alla promozione e cominciò a versare, mentre aspettavo seduto e seguivo che tutto andasse come doveva.

- Troppa schiuma – dissi.

- Aspetta un po' – disse Hjort.

- Non pago per la schiuma – dissi.

Hjort tolse la schiuma e versò ancora. Poi fece scivolare il bicchiere sul bancone. Bevvi un sorso e godevo già del fatto che la birra stesse regolarizzando gli equilibri del corpo.

- Hai notato che Higgins puzza, da un po' di tempo ? – chiese Hjort

- No – risposi.

- E' stato qui ieri e ho dovuto pregarlo di andarsene – continuò Hjort – "Va a casa a farti una doccia", gli ho detto

- Mmmh – annuii.

- Gestisco un'attività, qui – disse Hjort.

- Higgins è un artista – dissi.

- E' solo una scusa – disse Hjort.

Sì, lo era? dovevano aspettarci dagli artisti che si lavassero regolarmente come gli altri? io penso proprio di no, ma è chiaro che le opinioni possono essere diverse. Viviamo in un paese democratico. Ma ci sono dei limiti, ovvio. Il giorno in cui veramente avrebbe dato fastidio a qualcuno, occorreva dirlo. La domanda era se fosse giunto quel giorno.

- Che intendi per puzza? – chiesi.

---

[6] "I quattro galli" [n.d.t.]

[7] Hubert & i suoi mici [n.d.t.]

- Intendo esattamente ciò che intendo – rispose Hjort.
- Vuoi dire che veramente puzza? – dissi.
- Dico che puzza – disse Hjort.
Helle entrò con una borsa di FARGELAND in mano. Mi diede un cattivo presentimento. Se pensava di portarmi a casa per dipingere la cucina, si sbagliava. Avevo cose più importanti da fare e glielo avrei detto nel modo più carino e gentile possibile.
- Sapevo che ti avrei trovato qui – disse.
- Ah sì? – dissi. – Voi due pensate in modo strano. Hjort, anche lui si mette a pensare cose su di me. Sostiene di sapere che ero venuto qui per una pinta.
- Solo un'intuizione – disse Hjort.
- In realtà devo andare a casa a SCRIVERE - dissi – Devo scrivere un romanzo, io, e se non lo scrivo io chi lo scrive sennò?
- Volevo andare a Huk – disse Helle.
- A Huk? – dissi con tono più amichevole. Mi chinai su di lei per baciarle la fronte. Le cinsi i fianchi e la attirai a me. Emanava un profumo di freschezza, solo un lieve sentore di sapone e merenda mi disse che stava tornado da lavoro.
- Potremmo fare una grigliata sulla spiaggia – propose Helle.
Sbirciai nella borsa. C'erano i barattoli di pittura, la carta vetrata, il pennello, il white spirit e in fondo un paio di oggetti, di dubbia origine, per pitturare.
- Ho comprato un litro e mezzo, per cominciare – disse.
- Giusto – dissi e rovistai nella borsa.
- Volevano convincermi a prenderne dieci, ma ho detto di no – disse Helle.
- E' quello che devono dire le ragazze – dissi.
Avevo tirato fuori gli attrezzi per un'ispezione ravvicinata. Erano degli esemplari bizzarri con il manico in plastica e setole rigide. A dir la verità erano gli attrezzi più inutilizzabili che avessi mai visto.
- Cosa sono? – chiesi.
- Pennelli – rispose
- Dei pennelli di merda, ad ogni modo – dissi – Ma non lo sai che i pennelli da due soldi si squagliano più di una cagna in calore?
- Andranno bene, lo stesso – disse Helle.
- No, affatto – dissi. – Di queste cose ne sai veramente poco. Hjort te lo può confermare.
Ma Hjort si era allontanato e nascosto in qualche meandro della cucina, perciò non potevo confidare in alcun sostegno.
Ci sono due cose importanti nella vita – dissi – La prima è bere molta acqua. La seconda è utilizzare i pennelli giusti quando si dipinge.

4

Qualcuno era entrato nell'appartamento. Lo sentivo dall'odore. Un miscuglio imprecisato di sudore, spray per la bocca e anche qualcosa di peggio. Era forse iniziata la mia stessa decomposizione corporea? Me lo aspettavo da quando ho compiuto i 40 anni.

Il marciume era anche peggiore del solito: le scatole con i libri erano sparse ovunque, le lenzuola giacevano ammucchiate per terra. Era come se qualcuno si fosse trasferito e stesse per andarsene allo stesso tempo. E il divano, dov'era?

Cercai ovunque senza riuscirci, rovesciando le scatole con i libri. Circa un centinaio di esemplari di "*La lettera*" erano accatastate lungo le pareti e ai piedi del letto c'erano quelle con "*Ad Harry mancava 1 per far 31*", mentre "*Il Posto delle more*" stava in uno scatolone solitario sotto il tavolo della cucina.

Le scatole dei libri erano – in un certo senso – sia utili che di impiccio. In cucina le utilizzavo per metterci sopra le cose bollenti, in bagno servivano per metterci i piedi sopra quando il pavimento si bagnava.

Quando avevo ospiti, le scatole servivano da sgabelli.

Niente è paragonabile al mettere le proprie chiappe su un bel brano di poesia – soleva dire sempre Higgins, prima di scoreggiare, quasi a voler dare alla sublime poesia un tocco di amara realtà.

Mi sedetti alla scrivania per raccogliere i pensieri sul mio lavoro. Il primo passo di questo complesso rituale riguardava il creare, ed era solitamente legato all'indossare la vestaglia che non trovavo da settimane. Il secondo passo, che riguardava il pensare, si svolgeva solitamente sul divano. Accidenti neanche quello c'era! Quella storia del divano era come un pugno in faccia.

Dunque: il mio nuovo romanzo avrebbe raccontato la storia di una persona che realizza il proprio sogno di costruire il più perfetto nido per uccelli che sia mai esistito al mondo. Alcuni anni della sua vita li avrebbe spesi a imparare l'arte. In seguito ne avrebbe costruita una da mettere nel bosco. Lo scopo primario era quello di attirare gli uccelli affinché vi ritornassero. Ci sarebbe riuscito? Oppure no? era ancora troppo presto per dirlo.

O forse avrei dovuto conoscere il finale già ora?, pensai. Avrei dovuto conoscere il mio eroe così bene da sapere che fine avrebbe fatto, se fosse riuscito a realizzare completamente i propri sogni?

La risposta era no. Una storia di cui lo scrittore sapeva già la fine non valeva la pena che fosse scritta. Questa era la mia opinione alla quale tenevo molto.

Così è. Era giunto il momento per calarsi nella giusta atmosfera e mi accingevo a compiere la terza parte del rituale dirigendomi verso la libreria per prendere l'album "*Hunting High and Low*" degli A-ha. Avevo l'abitudine di ascoltare Morten Harket cantare "Take on me" come preludio ad un crescendo di scrittura ispirata. Quell'uomo aveva un talento divino, sicuro, e quando partiva con il suo falsetto su "Take on me", ragazzi!, c'era solo da arrendersi e dimenticare tutte le faccende terrene come PULIRE CASA e LAVARE I PANNI o SCRIVERE LE CARTOLINE ai propri cari. C'era solo da mettersi a scrivere fino a rompere la matita e il corpo te ne ringraziava.

Mi fermai davanti allo scaffale. Era successo qualcosa dall'ultima volta. Il mio vecchio giradischi era stato sostituito da un enorme stereo con lettore CD, con dei grossi altoparlanti e manopole ovunque. E non c'erano neanche i miei vecchi dischi in vinile.

Non era la prima volta che mi imbattevo in una avversità. A dir la verità ero abituato alle avversità. Se le avversità nobilitassero, a quest'ora, sarei stato almeno un conte, pensai e andai a sedermi nuovamente alla mia scrivania per aggrapparmi alla mia ultima pagliuzza: il temperamatite.

Temperare la matita aveva salvato più di uno scrittore dall'imbarazzo.

Prendi un Hemingway per esempio, un Ernest Miller Hemingway, nato nel 1899 a Oak Park, Illinois, USA. Hemingway doveva avere un certo numero di matite appuntite e pronte prima di cominciare a scrivere la mattina. Potevano oscillare tra le cinque e le settanta matite, dipendeva tutto dall'umore. In un breve periodo, quando viveva a Key West in Florida, temperava almeno 133 matite ogni mattina. Man mano che si guadagnava di che vivere, si circondò ovviamente di gente che sistemasse le matite per lui, ma era certamente una fatica non indifferente quando lo faceva nei tempi della povertà, da giovane e sconosciuto scrittore a Parigi.

Un'altra stranezza di Hemingway era che scriveva in PIEDI. Come riuscisse a fare una cosa così assurda, non saprei, ma quando funziona, funziona. Io non ero il tipo che si impiccia delle abitudini dei suoi colleghi.

Guardai il letto. Dal momento che il divano era scomparso, potevo almeno trovare sollievo sdraiandomi sul letto? sembrava poter funzionare tanto bene quanto lo stare in piedi di Hemingway. Mi trasferii sul letto, infilandomi sotto le coperte.

Il telefono squillò ancor prima che riuscissi a mettermi comodo.

Che stai facendo? – chiese Haagen.

Esattamente in questo momento sto facendo il letto – risposi – se questo è l'uso della lingua che ti diverte di più.

Dormi? - chiese Haagen.

Chiamalo come ti pare, io lo chiamo "scrivere" – risposi.

Allora sta procedendo? – disse Haagen.

Si riferiva al romanzo, ora? oppure si trattava del mio proposito per il nuovo anno di liberarmi di un paio di stonature linguistiche che mi portavo dietro dai tempi dell'infanzia, soprattutto quando parlavo? "Pensare *di* fare", per esempio. A lungo ho utilizzato l'espressione "Pensare *a* fare".

Hai per caso visto i miei dischi degli A-ha? – dissi.

Hai cercato sotto il divano? – rispose Haagen.

Haagen aveva la voce un po' tremula, ma aveva dato un suggerimento, era libero di farlo. Guardai nella direzione in cui avrebbe dovuto essere il divano. C'era un paio di calze solitarie e impolverate insieme a qualcosa che sembrava essere pane e formaggio. O era paté di fegato? Non credo di ricordare di aver mai avuto una cosa simile in casa mia, e non avevo intenzione di analizzare la situazione proprio ora.

No – risposi.

Hai ascoltato Hubert & Hannkattene? – mi chiese Haagen – hanno fatto centro.
Sostengo gli A-ha fino a prima prova contraria – dissi.
Devo riagganciare – mi disse – fra tre minuti devo suonare "Öppna landskap"[8].
Buona fortuna – dissi.
Ci vediamo a Huk – rispose Haagen.
Come faceva Haagen a sapere che si era pensato di andare a Huk? o per dirla con altre parole: SE io fossi andato a Huk, mi sarei aspettato che fosse almeno una piccola uscita romantica con Helle, e non una gita con tutta la compagnia.
Ebbene, non era una novità che questa città fosse piena di pettegolezzi e chiacchiere. Lo avevo provato personalmente diverse volte. Se decidevo di passeggiare ad Akergata, avrei potuto scommettere che Haagen o Higgins lo avrebbero saputo nell'arco di un'ora.
Chiusi gli occhi e lasciai il mondo fuori per un istante. Mi lasciai prendere dai sogni a occhi aperti e per un attimo immaginai il momento in cui le mie forze creative si sarebbero pienamente rivelate. Sarei diventato una centrale elettrica vivente. Avrei illuminato un'intera città. Una mente libera in una tempesta di autostima, onde verdi e sorrisi da orecchio a orecchio.
In mezzo a tutto ciò avrei dovuto mantenere i piedi saldamente piantati a terra e la testa un po' per aria. Le mie parole sarebbero state ruggenti e mordenti come un fulmine a ciel sereno. Si sarebbero insinuate delicatamente tra le radici degli alberi e le ricche fronde ogni volta che volevo.
E il pubblico? tutti ai miei piedi, giovani e anziani, mi avrebbero seguito ovunque nei miei spostamenti di città in città e mi sarei crogiolato del mio successo mentre leggevo a voce alta per le signore di tutte le biblioteche pubbliche del paese.

---

[8] Öppna landskap: titolo di una lirica dello svedese Ulf Lundell del 1982, considerato l'inno – non ufficiale – svedese [n.d.t.]

5

Il fattorino del negozio di Herman era appoggiato al muro, fuori dal negozio, e sembrava malandato. Il manubrio era storto e il portaoggetti davanti si era spezzato. Persino il cartello promozionale scritto a mano sotto la barra era stato soggetto a qualcosa di inaspettato poiché si leggeva palesemente Hermans Hjørn al posto di Hermans Hjørne[9], come dovrebbe essere in realtà.

Il negozio era fresco ed io mi muovevo lentamente tra gli scaffali. Solitamente ero un grande consumatore di lampadine da 15 watt e ferramenta a peso. Ma in quel momento stavo cercando qualcosa per pranzo. Avevo una fame da lupi e desideravo la pasta al pomodoro, in un batter d'occhio. Poi mi sarei di nuovo immerso nella letteratura.

Le tue cose sono qui – mi disse Herman dalla cassa.

Sul serio? – chiesi sbalordito.

Salutami tua moglie e dille che non avevamo il Farris blu[10].

Mia moglie?

Mi sono dimenticato di dirtelo al telefono.

Eravamo diventati, dunque, così intimi – pensai. E da dove aveva dedotto che eravamo sposati? Era più di quanto io stesso sapessi, ma non avevo voglia di discutere la faccenda con lui in questo momento. Volevo la pasta al pomodoro Dolmio. Subito.

Cerchi la pasta Dolmio? – domandò Herman.

Sì!

Arriva la settimana prossima.

Provavo una certa irritazione. Era la solita storia. Arriva fra un po', arriva domani, arriva la settimana prossima. Fosse almeno così onesto da evitare di bluffare. Lo dovrebbe proprio evitare. Oppure facesse i bagagli e se ne andasse alla casa di riposo per commercianti di Lanzarote.

Vai a Huk per una bella grigliata all'aperto, vedo – disse Herman sollevando il sacchetto della spesa dietro la cassa per metterlo sul nastro scorrevole.

Così sembra – risposi.

233 corone[11].

Sbirciai nel sacchetto della spesa: c'erano salsicce di ogni tipo, Farris e un grill monouso con incluso un sacchetto per la spazzatura. Una classica spesa da gita. Tipica spesa da gita a Huk.

Salutami tua moglie e dille che non avevo il solito Farris – ripeté Herman.

Lo hai già detto – sottolineai.

Scusa – e arrossì.

Lo osservai con più attenzione. Ci avrei messo la mano sul fuoco che quel tipo aveva un debole per Helle. Vecchio maiale.

---

[9] Gioco di parole sul nome del negozio e il suo proprietario Herman. Hjørn: corno, corna e Hjørne: angolo. "L'angolo di Herman" diventa così "Le corna di Herman". [n.d.t.]

[10] Farris: bevanda frizzante analcolica. [n.d.t.]

[11] Circa 30 €. [n.d.t.]

Vuoi il resto? chiese Herman.

Mi accompagnò fino all'uscita. Guardò il cielo, annuì e infine indicò la bicicletta.

Il ragazzo ha preso un botto oggi – spiegò.

Due colpi di clacson mi fecero sobbalzare sulla sedia e affacciarmi alla finestra. Intravidi il camion blu della spazzatura attraverso la porta del giardino sul retro, subito dopo suonarono.

Prendi un asciugamano per Haagen – disse Helle al citofono.

Perché?

Sbrigati!

Mi sedetti alla scrivania per dare un'occhiata ai miei appunti. Cosa avevo scritto in questi ultimi minuti? La mia scrittura negli anni era diventata impossibile da decifrare. Dovevo migliorare altrimenti avrei fatto la fine di un dislessico.

Rimasi seduto ad ascoltare il sibilo delle pompe, chiedendomi se fosse il caso di rinunciare all'uscita. Se era meglio far finta di nulla e continuare a lavorare proprio ora che ero riuscito a sistemarmi anche senza il divano, senza la vestaglia e senza i dischi degli A-ha scorrere sul mio vecchio giradischi.

Suonò di nuovo. Ho il mio bel blocco per gli appunti, pensai all'improvviso. Lo avevo ricevuto come regalo di Natale dal capo-redattore Holm. Era in pelle lavorata con la sigla a caratteri dorati del VG[12] e il lucchetto. Se me lo portavo dietro, avrei potuto annotare alcune scene tra una salsiccia e l'altra.

Helle era seduta in macchina a parlare con Higgins quando arrivai. A quanto pare stavano nel pieno di un'accesa discussione sui piaceri e i dolori della merenda, con particolare interesse sull'uso della carta per alimenti. Mi accomodai e li lasciai continuare mentre ci dirigevamo a Bygdøy.

Se 800 studenti usano mezzo metro di tovaglioli di carta per avvolgere la merenda ogni giorno per cinque giorni a settimana, quanto fa'? - chiese Higgins.

Esattamente due chilometri – rispose Helle – ma dimentichi un paio di momenti salienti.

Quali?

Per prima cosa molti studenti usano i porta-vivande. Alcuni a dir la verità usano mettere la carta per alimenti nel porta-vivande, ma non importa.

E la seconda cosa?

Molti studenti non si portano affatto il cibo da casa – rispose Helle comprano la Coca Cola, salsicciotti o merende al supermercato.

Scusate se vi interrompo, posso farti una domanda Helle? – chiesi.

Certo.

Hai portato lo Scarabeo?

Sì, è qui – rispose indicando la sua borsa.

---

12 VG sigla di Verdens Gang, il più rinomato quotidiano norvegese. [n.d.t.]

Higgins aveva finito di parlare della carta per alimenti e si accingeva a parlare di macchine.

In qualità di scultore aveva da sempre lamentato la mancanza di un veicolo. Dal momento che creava la sua arte da tutto ciò che trovava nell'immondizia e dai rifiuti della moderna cultura dell'usa-e-getta, un camion dell'immondizia non sarebbe stato un investimento sprecato. Finalmente aveva trovato il giusto attrezzo per realizzare le sue ambizioni.

Che ne pensi? – si rivolse a me mentre ci eravamo imbottigliati nel traffico dell'ora di punta sulla via per Bygdøy.

Fantastico – risposi entusiasta – bei sedili, un bel design e, niente meno, più spazio.

Non ero il tipo da abbattere gli aspiranti artisti norvegesi inviando vibrazioni negative. L'unico piccolo inconveniente era l'odore. Mi sembrava di avvertire un vago odore di spazzatura provenire dal sedile anteriore. Ecco che il naso sensibile di Hjort aveva catturato qualcosa che a noi altri era sfuggito.

Beve molto? - chiesi.

Che intendi dire? – rispose Higgins mettendosi sulla difensiva.

Vuole dire quanta benzina consuma – corresse Helle.

Mi stai prendendo in giro? – esclamò Higgins – Va a diesel.

Il telefono di Helle squillò. Haagen si trovava all'angolo di Frognerparken e voleva un passaggio. Higgins uscì dalla fila di macchine e svoltò in una strada laterale.

Lo trovammo in via Halvdan Svarte. Stava ad aspettarci con Christian Krogh. Di cosa stessero parlando quei due, è bene non dire. Krogh era seduto sul suo enorme sedere e aveva l'aria ispirata, mentre Haagen sudava nel suo abito scuro con il sassofono sotto al braccio. Doveva aver suonato "Öppna landskap" a velocità record e corso come il vento per stare lì.

6

Non eravamo gli unici ad aver avuto l'idea di fare un pic-nic sulla spiaggia. Un fiume di macchine e di gente si dirigeva a Bygdøy.

Bisognava strizzare fino all'ultimo raggio di sole e di calore prima di avvolgere i propri corpi ben bene in lunghi cappotti che tenessero alla larga i freddi venti autunnali.

Vi erano, ovviamente, quelli che viaggiavano a sud, lontani dall'autunno e dall'inverno. Scrittori e altri personaggi che con le borse di studio statali si arricchivano spendendo nei paesi caldi e a basso costo. Sdraiati sulle spiagge, fingevano di essere ispirati con quella lieve sbronza da vino rosso che durava dal momento in cui si alzavano la mattina fino a quando andavano a coricarsi la sera. Potevano viaggiare dove volevano. Non invidiavo neanche un centesimo delle loro borse di studio, anche se io non avevo mai ottenuto altro che un Professor Hybel Legat: 3000 corone[13] che a mala pena servivano per potersi pagare il conto dal dentista e comprare un temperamatite nuovo.

Dopo la solita discussione sul dove dovevamo metterci, Haagen concluse il tutto allontanandosi con il cibo. Cercammo di seguirlo e lo trovammo inginocchiato vicino alla riva intento ad accendere il fornello monouso.

Quando il grill fu pronto, Haagen si prese l'incarico della grigliata. Pose una serie di salsicce di ogni tipo con un intricato sistema che probabilmente serviva a ottimizzare al massimo lo spazio sulla griglia. Notai che c'erano sia salsicce che wurstel ed una specie più brevilinea che non riconobbi subito. Cos'era? Una qualità spagnola proveniente da Santiago de Compostela, forse, con chili e biglietti della buona sorte?, no, erano wurstel schiacciati, notai.

Era decisamente scombussolante vendere salsicce di forme diverse e per di più nella stessa confezione! Questa era una cosa che avrei dovuto chiarire con Herman alla prima occasione.

Salsicce o wurstel? chiese Higgins appena la prima grigliata fu pronta.

Cosa hai detto?

Ti ho chiesto se preferisci salsicce o wurstel – ripeté Higgins.

Ma non lo sai che noi scrittori non prendiamo più parte ai dibattiti pubblici? – risposi.

Higgins fece spallucce.

Bull e gli altri erano tipi da dibattiti – aggiunsi – Bjørson e Wergeland, anche. E Welhaven.[14]

Ma noi stiamo semplicemente parlando di cibo, Hobo – disse Higgins.

No, dimentica Bull – dissi.

Perché? – domandò Helle.

Era solo un maiale – risposi.

Solo? – sottolineò Helle.

---

[13] Circa 375 € [n.d.t.]

[14] Sono tutti grandi scrittori che hanno segnato il Romanticismo e il Realismo nella letteratura norvegese. [n.d.t.]

Beh, forse non solo, ma non venirmi a dire che non beveva.
Higgins mi puntò minaccioso la forchetta e mi ritrassi. Già! Anche Helle e Haagen si erano avvicinati: non sembravano essersi fatti minacciosi guardandomi con sguardi truci pronti ad aggredirmi?
Ebbene? – dissi.
Salsicce o wurstel – ripeté Higgins.
E' una questione così difficile - risposi.

Dopo aver pranzato, era il turno di giocare a Scarabeo. Era più facile dirlo che farlo, perché il terreno era così pieno di radici e zolle che rendeva quasi impossibile mettere la scatola in piano. Comunque facessi, rimaneva sempre inclinato.
Accidenti!, mormorai mentre le lettere scivolavano fuori dal piano per cadere tra gli aghi di pino e qualche rifiuto.
Che succede?
Una merda! – risposi irritato mentre sentivo il sudore sulla fronte.
Calmati, su! – disse Helle.
E pieno di bozzi qui! – dissi.
Ci penso io – rassicurò Helle.
E' come voler costruire un aeroporto su uno scoglio – dissi.
Helle prese dallo zaino il suo maglione e voilà! il piano era pronto, con le maniche ripiegate a sostenere la scatola. La baciai teneramente sulla fronte. Il suo senso pratico era una delle cose per cui la amavo.

Haagen e Higgins discutevano di qualcosa da fare al Fire Høns. Haagen ebbe l'idea di utilizzare la macchina di Higgins, senza che capissi realmente come.
Ascoltavo a metà mentre aspettavo la mossa di Helle.
Una galleria ambulante? chiese Higgins.
Non proprio – rispose Haagen.
Allora un'orchestra ambulante?
Neanche – rispose Haagen.
No, non era affatto semplice, pensai. Se si potesse badare solo a se stessi, non sarebbe tutto così difficile. Sbirciai Helle. Una leggera brezza le muoveva i capelli, sembrava che i suoi pensieri fossero altrove e non sullo Scarabeo. A cosa stava pensando? ai compiti da correggere? alla cucina da dipingere? ai giambi e ai trochei? ce ne erano di cose a cui pensare nella sua vita quotidiana, come nella mia.
Potresti accelerare i tempi? – le dissi.
Perché abbiamo fretta? – disse Helle.
No, è solo questione di mantenere un certo ritmo – rispose – per non perdere la concentrazione.
Su questo punto c'è una differenza tra uomo e donna – rispose Helle.
Ah sì?, incalzai intuendo l'inizio di un'interessante discussione.
In quanto donna, concepisco lo Scarabeo come un processo continuativo e incessante – cominciò a spiegare – è il piacere stesso della ricerca della parola, la sfida linguistica è il punto cruciale.

E l'uomo, invece?

E' interessato solo a vincere – rispose.

Ovviamente quello che stava dicendo era solo una stupidaggine, ma era così articolato e ben formulato che mi arresi. Ero semplicemente orgoglioso di lei.

Voglio fare un bagno – disse Helle e si alzò.

O.K. io resto qui a tener d'occhio il gioco.

Helle corse come una gazzella verso l'acqua. Mi ricordai che aveva fatto atletica da ragazza. Aveva delle basi che a me mancavano.

Mi concentrai di nuovo sulla tavola dello Scarabeo. Avevo il tempo per poter preparare la mia mossa successiva, tentare qualcosa di alternativo, magari cercare di spostare qualche lettera. E se avessi trovato la parola giusta, non sarebbe successo nulla di male nello spostare le lettere anche se Helle si era allontanata. Dopotutto dovevamo fidarci l'uno dell'altra. Questo è ciò che chiamo "uso efficace del tempo".

Osservai la parola che Helle aveva appena terminato di comporre. BIMO.

BIMO ? e cosa significa ?

Stavo per chiamarla, ma era troppo lontana per sentirmi. Forse aveva messo le lettere nell'ordine sbagliato, cercai di invertire le prime due lettere. IBMO. No. OMBI? Neanche. MIBO? Dannazione neanche! Ecco, cercai di riordinare la tavola, ma qualunque cosa facessi era peggio.

7

Haagen stava giocando con Helle in acqua. Mi accorsi che fissava i suoi seni in modo assolutamente spudorato. Ovviamente confidavo nel fatto che Haagen non ci stesse provando. Era un mio amico. Almeno fino a prima prova contraria.

Se non fosse un mio amico, gli avrei dato in cambio una bella lezione al suo sassofono, di quelle che non si dimenticano, per esempio avrei potuto incollare tutti i tasti del sassofono con una colla attacca-tutto. Era un vecchio scherzo che non falliva mai.

Dare una sbirciatina era assolutamente legittimo, ma FISSARE era qualcosa di diverso. Era proprio lì il sottile confine. Proprio lì. E se lui, per esempio, avesse cercato di GIUSTIFICARSI, il confine era stato già oltrepassato. Mi alzai per avvicinarmi alla riva.

Avevo perso di vista Higgins subito dopo il pranzo. Mi guardai intorno e finalmente lo individuai molto distante sulla riva. Aveva raccolto un mucchietto di legna. In un altro mucchio aveva raccolto lattine di plastica e altra spazzatura.

Tutto questo è mio – esclamò Higgins appena lo raggiunsi. Si parò davanti al mucchio di spazzatura come se dovesse difendere moglie e figlie dall'assalto di un branco di banditi stupratori. Pensava realmente che mi sarei avvicinato a lui? il mio lavoro era quello di cercare di riordinare i resti della lingua dei nostri padri. Lo sapeva molto bene.

O.k. – lo rassicurai.

Mio e solo mio – ribadì.

Grazie per la grigliata, comunque. – dissi.

Per stemperare l'atmosfera, lo aiutai a caricare tutte quelle cose nella sua macchina. Una vecchia scarpa da ginnastica dell'Adidas riportò i miei pensieri ai tempi delle nottate estive sotto il cielo aperto nei primi anni '70. Se la scarpa fosse la mia oppure no, era una questione che diligentemente tacqui.

Realizzerò una scultura nuova – disse Higgins.

Ah sì?

La chiamerò "Sempre peggio"

Un buon titolo – approvai.

L'ho rubato da Beckett – ammise.

Beckett mi fece venire in mente – non so per quale ragione – le casette per gli uccelli. Raccontai ad Higgins i progressi del mio romanzo, sugli uccelli che erano scomparsi. Higgins ascoltava senza parlare, ma capivo che era interessato.

Quando ritornammo, Helle ed Haagen erano appena usciti dall'acqua. Helle venne a sedersi a fianco a me. Non potei fare a meno di notare i suoi seni sgocciolare e pensai che mi sembravano diventati più grossi recentemente. A dir la verità a me piacevano esattamente come erano, non sono proprio quel tipo di uomo che ritiene che le tette più sono grosse e meglio è.

A cena, Helle mi parlò dei suoi colleghi che si erano separati nel corso delle vacanze estive, dei nuovi alunni in classe e di suo nipote che aveva fatto un volo con la bicicletta perché aveva commesso il classico errore di infilare la ruota anteriore sui binari del tram.
Per fortuna non si è fatto male alla testa. – disse Helle.
Forse avrebbe imparato qualcosa – dissi.
Che vuoi dire?
Che quando si tratta di biciclette e tram, io sono dalla parte dei tram.
Eravamo finiti nella cucina di Helle dopo uno strapazzante viaggio di ritorno da Bygdøy. Higgins all'improvviso si accorse che la macchina non aveva le luci che funzionavano e mentre il buio autunnale calava su di noi come un sacco umido e buio, fui costretto a sedermi con la torcia in mano puntata sulla strada ed Higgins che guidava a passo di lumaca verso la città.
Ora stai dicendo una delle tue sciocchezze, Hobo – disse Helle.
Non è una sciocchezza! i ciclisti sono tanto pericolosi per la società quanto i pennelli da pittura di pessima qualità.
Dovevo ammettere che la conversazione era partita un po' storta, dal momento che ero più concentrato sulla tazza di tè che stavo sorseggiando. Non era la mia tazza preferita? Aveva esattamente lo stesso disegno e colore – precisamente il London Bridge avvolto in un soffuso sole di novembre – e persino la stessa scheggiatura sul manico. Tutte le leggi fisiche note sostenevano che la tazza doveva trovarsi al sicuro nella credenza della cucina di casa mia.
A proposito di pennelli. Quando hai pensato di cominciare la pulizia? – chiesi.
Non ora, comunque – rispose Helle e si alzò.
Non sarebbe meglio soprassedere? proposi.
Muoviti!

***

Perché non invitiamo i miei genitori a pranzo un giorno? – mi chiese Helle poco dopo, distesi nudi nel letto a vedere il notiziario della sera.
I genitori di Helle erano un argomento di cui amavo parlare più che volentieri. Ovunque e in qualsiasi momento, e persino nelle circostanze più sgradevoli, parlavo volentieri di quelle due persone cordiali. Ma quella volta feci finta di concentrarmi sulle immagini che scorrevano sullo schermo, piuttosto che stare ad ascoltarla. È una buona tecnica che si raccomanda quando si è in impaccio.
E non era poi lontano dalla verità il mio interesse per la notizia, poiché proprio in quel momento si stava parlando del caso Hubbing che aveva a lungo interessato entrambi: un neonato era stato ritrovato nel bosco, abbandonato e parzialmente nascosto dalle foglie secche. La polizia aveva cercato la madre in lungo e in largo, ma non vi erano indizi che conducessero verso una direzione concreta. Alla madre, che innegabilmente doveva trovarsi in una situazione di necessità, era stato fatto appello di cercare aiuto e rivolgersi alla polizia che avrebbero fatto il possibile per metterle a disposizione psicologi, psichiatri, preti e sociologi affinché la sostenessero e le fornissero il necessario.
L'altra notizia importante di quel giorno riguardava uno scrittore di thriller che non riusciva più a scrivere perché il suo gatto era scappato. Era rimasto tutto il

giorno chiuso in casa a pensare al gatto, senza riuscire a scrivere una parola. Un portavoce della casa editrice aveva presentato un comunicato stampa informando di essere alla ricerca del gatto, dal momento che il nuovo romanzo criminale dello scrittore, che ancora non era stato completato, doveva comparire tra i principali romanzi del Bokklubben e pubblicato già da tempo.

Helle rimase in silenzio dopo che il notiziario finì, poi ripeté la domanda.

Quando hai detto che verranno? – chiesi.

Non l'ho detto

Allora non è importante, non fa differenza.

Giovedì potrebbe andare bene?

Perché proprio giovedì?

Mamma e papà partono sabato – rispose Helle.

8

Il giorno dopo rimasi in ufficio per tutto il tempo su un articolo riguardante un uomo che aveva portato un autobus carico di svedesi ad un centro commerciale norvegese. Il viaggio era costato quasi niente, e gli svedesi erano stati fortunati, portandosi a casa cose a poco prezzo come non avevano mai visto in patria, raccontava l'uomo al giornalista. Avevano acquistato accendini mono-uso, giravite e zaini con le ruote avanzati dagli spacci militari. Nel viaggio di ritorno, ai passeggeri fu servito zuppa con panna acida e succo di frutta, per tutto il viaggio non hanno fatto altro che cantare e andare nel bagno in fondo all'autobus.
L'idea era geniale e mi decisi a parlarne con Herman il commerciante, alla prima occasione.
Se non fosse stato per l'articolo pieno di svarioni del tipo: UN *CLASSICO*[15] AUTOBUS DI SVEDESI IN VISITA, avrei telefonato al giornalista per complimentarmi. Ma lasciai perdere.
Poi fu il turno dell'editoriale. Era raro che avessi l'onore di revisionare un editoriale con molti giorni di anticipo, perciò mi presi tutto il tempo per controllare la correttezza grammaticale e stilistica. Sapevo che il redattore era pronto a puntare l'indice contro. L'articolo riguardava in qualche modo l'assistenza alle ragazze-madri. Sia che fosse sufficiente che insufficiente, le donne perdevano il posto di lavoro – così lasciava intendere, sebbene non lo avesse scritto a chiare lettere.
Mi avvicinai allo schermo. Cos'era? era ciò che credevo? Proprio così! Holm aveva scritto: « In Norvegia crediamo di essere bravi a tutto ». BRAVI A TUTTO?, ma non si dice, Holm, dissi a voce alta a me stesso. Cancellai e corressi "bravi a tutto" in "bravi in tutto". Poi continuai a leggere con maggiore attenzione a caccia di ulteriori scivolate linguistiche da parte di Holm.
Andò bene per un paio di frasi, poi interruppi la lettura per ricominciare da capo cercando di capire realmente il contenuto e cogliendo le sfumature linguistiche. Poiché un conto è la corretta ortografia e l'uso delle parole, un altro conto è se la giusta ortografia e l'uso corretto delle parole rende il contenuto comprensibile. L'editoriale di Holm era ai limiti del *non-sense*, per quel che riuscivo a vedere, ed era mio compito di correttore di bozze e di impiegato del VG assicurarmi che non sforasse quei limiti.
Era insolitamente assurdo e maldestro da parte di Holm, pensai dopo aver letto tutto l'editoriale. Come se Holm non fosse mai stato il primo a indicare come un linguaggio corretto e il contenuto fossero due facce della stessa medaglia. Non lo riconoscevo affatto.
Alzai la cornetta e digitai il numero interno di Holm. Nessuno rispose e una rapida occhiata al cielo azzurro non mi diede alcuna speranza che qualcuno

---

[15] Gioco di parole tra SVENSKER (svedesi) e SVISKER (prugne secche) che allude ad una simpatica rivalità tra i due popoli scandinavi. [n.d.t.]

potesse andare a rispondere. Guardai l'ora. Era tardi. Diciamo che il tempo era tiranno.

Mi ci volle un'ora per sistemare l'editoriale. Quando finii, era ora di tornare a casa. L'ufficio di Holm era buio, e mi chiesi se fosse il caso di lasciare un messaggio sulla sua scrivania in un cui gentilmente lo redarguivo. Ma in fondo tutti possono commettere degli errori, ogni tanto, persino Holm, pensai. Il mio lavoro consisteva nel correggere i grandi errori.

A Hjort non piacque l'idea che lo sospettavo di aver rubato i miei dischi degli A-ha. Arrossì cercando intorno qualcosa da tirarmi dietro. Il tovagliolo era troppo leggero, mentre lo shaker per cocktail poteva essere troppo pericoloso. Inoltre Hjort era anche un vigliacco.

Provaci a lanciarmi contro qualcosa – sfidai – se lo fai vuol dire che hai la coscienza sporca.

Idiota

Forse sei stato tu a prendere anche il mio divano – urlai – e che fine ha fatto il mio giradischi?

Hjort scomparve per andare a servire un cliente all'altro capo del bancone, lasciandomi seduto ad ascoltare *"Hunting High and low"* in sottofondo. Ecco, avevo cercato realmente su e giù[16], pensai, e alla fine il ladro era uno dei miei più cari amici. Uno sfacciato che aveva persino colto l'occasione di utilizzare la refurtiva in presenza del suo legittimo proprietario! ero assolutamente scioccato.

Hjort mi lanciava cupe occhiate mentre serviva due pinte. Io ricambiavo con occhiatacce e sguardi truci. Ero sicuro di non averla fatta finita con quel tipo.

Per prima cosa, mi accorsi che la gente seduta ai tavoli si era girata a guardarci. Si aspettavano una bella rissa. Era decisamente disgustoso il modo in cui la gente di questa città parlasse ad alta voce sia degli sconosciuti che dei conoscenti, pensai, delle celebrità e dei propri vicini di casa e delle persone con cui aveva avuto un rapporto sessuale. Il pettegolezzo era solo un nome, pensai. Vi era un'altra città al mondo in cui si spettegolava tanto quanto a Oslo? ci potevo scommettere.

Il ladro stava tornando con una birra in mano che pose davanti a me.

Eh bravo ! bevi durante il lavoro?

E' per te.

Non te la caverai sparandomi una birra, Hjort, mi dovrai dare una cannonata di birra.

Prendi questa e calmati.

Calmarmi? Ma sentitelo!

Devo dirti una cosa. – disse Hjort. Dunque doveva doparmi prima della confessione? Mi stava bene. Bevvi un bel sorso di birra e lo fissai dritto negli occhi.

Sono tutto orecchie – dissi.

Vuoi sapere dove è finito il tuo divano?

---

[16] Gioco di parole sul titolo del brano [n.d.t.]

E' solo di questo che vuoi parlarmi?
 Ascolta!
O.k. ascolto, ascolto. Ma niente giri di parole – proprio come gli A-ha, non amo perder tempo in chiacchiere. Morten, Magne e Pål volevano i fatti. Lo HANNO RAGGIUNTO, vivevano in un sogno e lo hanno raggiunto. È chiaro. Hai perfettamente ragione.

Cos'era realmente accaduto? pensai all'uscita dal Fire Høns, camminando lungo Frognerveien. Hjort aveva chiaramente visto qualcuno portar via di notte un divano esattamente uguale al mio. Ma non solo. I due ladri erano vestiti con tute di colore arancione, nel tentativo di camuffare una parvenza di legittimità. Il mio umore non migliorò certo con quello che Hjort continuò a raccontare. Hjort ed io avevamo ricomposto la controversia e confermato la nostra non complicata amicizia. Mi prestò addirittura il suo cd di *"Headlines and Deadlines"* che sarebbe stato possibile ascoltare su quell'assurdo lettore CD che era stato messo nel mio appartamento, inoltre aveva giurato e spergiurato di non aver toccato altre copie in vinile di *"Hunting High and Low"* da quella volta che aveva fatto sesso con una ragazza di Tårnåsen alla fine degli anni '80.
Scossi la testa sconsolato. Forse era giunta l'ora di infischiarsene di questo paese, pensai. Magari andarmene a Londra e tentare la fortuna laggiù. Mi vedevo camminare giù per Regent Street tra persone che non sapevano chi fossi o cosa pensassi, senza che io dovessi rimproverare loro qualcosa. Ognuno per fatti propri e con i propri sogni. Magari desideravano diventare veterinari con un proprio programma TV o meccanici oppure semplicemente volevano incontrare l'uomo o la donna giusta, accasarsi e vivere a un'ora da Londra. Mi vedevo sul London Bridge, al tiepido sole di settembre, mentre percorrevo la strada per portare al mio agente letterario il mio ultimo romanzo. Avevo tradotto i primi capitoli ed avrei conquistato il mondo.

***

La lettera nella cassetta postale era della casa editrice. Si trattava di una comunicazione puramente prosaica nel quale mi ero già imbattuto una volta: ero interessato ad acquistare tutte le copie avanzate o solo una parte del mio romanzo *"La lettera"*? Se sì, avrei dovuto compilare un modulo, indicare il numero delle copie e inviare il modulo compilato entro tale data a tale indirizzo.
Avevo vissuto con la certezza di aver già acquistato tutte le copie avanzate, ma ora ne ero insicuro. Avevano ancora altri libri in magazzino, dopo tutti questi anni? fui percosso da una ventata di buonumore. Questo poteva significare solo una cosa: che avevano una certa fiducia in me e che loro, come me, vedevano le potenzialità inespresse che giacevano nascoste in quella primordiale fase della mia scrittura. Questo era solo il prologo ad un'opera di ampio respiro, sì, non solo in Norvegia, ma con prospettive internazionali. Poi,

i miei occhi si soffermarono su alcune righe scritte a mano in fondo alla comunicazione:

Si tratta di alcuni esemplari gratuiti che abbiamo ritrovato casualmente nel rimettere ordine. Pensavamo potesse interessarLe l'acquisto, altrimenti sono destinati al macero.
Cordiali saluti Hildur Hansen.

Il buonumore scomparve. Quindi volevano vendermi i libri che altrimenti sarebbero stati destinati al macero? Bene. Presi la penna e scrissi la risposta sul foglio:
INVIATEMI OGNI SINGOLA COPIA !, suonava più o meno così il messaggio di ritorno.
Infilai il foglio nella busta, ci misi il francobollo e uscii per imbucarla nella cassetta all'angolo del negozio di Herman.

Cercai a lungo tra gli scaffali della pasta. Finalmente Herman si avvicinò e posando una mano sulla mia spalla disse:
Mi dispiace. Arriva la settimana prossima.
La settimana prossima? E che diamine!?
La mia pazienza aveva un limite. Una cosa erano le salsicce di dimensioni varie all'interno di una stessa confezione e un'altra cosa era che non riuscissi a procurarmi mezzo barattolo di salsa per pasta con un mese di preavviso. Non gli avrei affatto suggerito l'idea dell'autobus di svedesi. Se lo sarebbe letto da solo sul VG.
L'improvvisa rabbia giunse inaspettata per entrambi. Ci guardammo negli occhi, poi mi misi seduto su una cassa di birra e respirai profondamente.
Fa caldo, ora – disse Herman.
Vero.
E' il riscaldamento, sai?
Dici?
Si sta formando.
Cosa?
Il temporale – disse Herman
Allora ci credeva? oppure era solo un modo per calmarmi? ma sapeva cosa stava dicendo? Mi bastavano i cosiddetti "profeti del clima" che diffondevano il terrore tra la gente. Mi immaginai una tempesta che rovesciava le macchine in strada e ricacciava le alci nei boschi. Dopo la tempesta sarebbe giunto un freddo polare e presto una nuova éra glaciale avrebbe bussato alle porte.
Vai ancora in bici? – chiese Herman.
No.
È colpa dei binari del tram che creano problemi – intuì Herman
Così sembra.

Holm era fermo davanti alla finestra quando entrai. Aveva le mani dietro la schiena ed uno sguardo risoluto. Sulla scrivania c'era il quotidiano *Verdens Gang* aperto a pagina 2. Era la pagina dell'editoriale. Quindi era uno di quelli che rileggono ciò che hanno scritto? Mormorai qualcosa tra me e me e mi accomodai.

Come va, Highbrow? – mi chiese.

Non posso lamentarmi – risposi.

Ti piace lavorare al VG?

Era una domanda che a mala pena facevo a me stesso. Mi contorsi un po' sulla poltrona per riflettere. Lavoravo al giornale ormai da diversi anni. Una parte consistente della mia vita.

Certo! – risposi.

Da quanto tempo lavori qui?

Bah ! Tredici anni, la primavera prossima?

Non lo devi chiedere a me!

O non sopportava il caldo, oppure aveva una di quelle giornate storte perché all'improvviso divenne scontroso. Dovevo armarmi di pazienza e aspettare che arrivasse al punto.

Holm si voltò – dandomi le spalle – fissando fuori dalla finestra. Non c'era un gran ché da vedere, ma lui era capace di seguire una fuliggine volare in cielo. Guardai le mie mani che avevano delle macchie verdi di vernice. Da dove venivano fuori quelle macchie? per fortuna era facile toglierle graffiando con le unghie: fu una piccola consolazione, nel complesso.

Stavo correggendo la seconda parte di un articolo su un certo scrittore che aveva avuto il "blocco dello scrittore", quando Holm mi chiamò. La causa del blocco era – come noto – la scomparsa del suo gatto, e molti esperti di romanzi criminali esprimevano la propria preoccupazione per la situazione. Bisognava ritrovare il gatto prima che il danno fosse irreparabile. Il giornalista, tra le altre cose, era uno di quelli che sentiva il bisogno invincibile di utilizzare la preposizione SU in tutte le circostanze. Buono SUL calcio. Bravo SU questo e quest'altro. Mi fece imprecare e mi fece sentire triste per la piega che aveva preso la nostra lingua. Stava prendendo un'unica direzione, piuttosto inequivocabile. E fu in quel momento, o forse dovrei dire – seguendo la tendenza linguistica - SU quel momento che il redattore mi chiamò. Mi staccai dallo schermo e andai in redazione dove il turno serale era appena cominciato e si stavano raccogliendo le fila per decidere le testate del giorno seguente.

Che ne pensi dei miei editoriali? – chiese il redattore sempre guardando fuori.

Beh … - esitai

Coraggio, ti ascolto - mi incoraggiò.

Ad essere sinceri, li leggo raramente – risposi.

Ah sì?

Si girò e mi sorrise. Il sorriso scomparve in un baleno per lasciare il posto ad uno sguardo serio e afflitto che mi inquietò.

Spesso basta leggere solo il titolo per capire dove vuole andare a parare – spiegai.

Capisco – disse Holm sedendosi alla scrivania.

Solo ora mi accorsi che aveva cerchiato con la penna rossa alcuni punti del suo editoriale. Sembrava un cratere di lava, come se non fosse stato particolarmente tenero durante la lettura del suo stesso pezzo, inoltre si notavano energici tratti di penna rossa che fuoriuscivano a margine della colonna e persino sui fogli sulla sua scrivania.

Quindi funziona così quando ci si pente delle proprie parole – pensai. Che il redattore fosse una persona così permalosa, non me lo aspettavo. Si era sempre comportato in modo tranquillo e controllato, autoritario e con la capacità di ferire quando necessario. Ecco, se c'era un consiglio che potevo dargli era quello di imparare a capire che quel che è fatto, è fatto. Alzare la testa e guardare oltre, invece di piangere sul latte versato.

Da quello che mi pare di capire, ieri eri di turno? – chiese.

Ieri?

Ed eri di turno come revisore dell'editoriale?

Sì, certo.

Ci sono delle espressioni, nelle quali non mi riconosco, Highbrow – disse Holm – Ci sono cose che non ho scritto. Per esempio: « Le ragazze madri sono le vacche sacre dei tempi moderni, che si nutrono del latte dello Stato ».

Lo hai scritto tu – dissi.

Assolutamente no ! – rispose Holm. Io ho scritto: « Molte ragazze madri dipendono dai sussidi statali per poter sopravvivere ».

***

Quando rientrai in ufficio, trovai un messaggio di Helle nella segreteria telefonica. Mi ricordava dell'appuntamento al Fire Høns, dopo il lavoro. Rimasi interdetto per un attimo. Che novità era? ci incontravamo sempre tutti i giovedì al Fire Høns. Non aveva bisogno di ricordarmelo, trattandomi come un ragazzino.

Diedi un calcio al mucchio di giornali che volarono in aria per tutta la stanza, finendo in un angolo. E poi c'era qualcosa di irritante nella sua voce. Una voce calda, quasi tenera, come se stesse pensando a qualche bel ricordo di infanzia da condividere con me. Forse quella solita storia di quando trovò un uccello nel bosco e lo portò a casa tenendolo in una scatola di scarpe per una settimana intera. No, grazie.

Rimasi seduto a fissare lo schermo del PC. L'articolo sullo scrittore che aveva perso il gatto avrebbe fatto la sua strada senza di me. Me ne infischiavo. Raccolsi le mie cose private e scesi al primo piano. Nello specchio dell'ascensore vidi che i miei ricci ricadevano vivaci sulle spalle nonostante i ciuffi sulla fronte scendevano pesanti.

Per strada il caldo era più opprimente del solito e a Lille Grensen vidi persone con visi sudati che trascinavano i passi. Il cielo era ancora azzurro, ma una mano cupa sovrastava la città.

Haagen era seduto al banco e parlottava con Hjort, quando entrai nel locale. Mi guardò di sfuggita continuando la conversazione, mentre mi aggiravo tra i tavoli in cerca di Helle. Non era seduta né nell'angolo delle ragazze né al tavolo fisso vicino la finestra. Avevo il tempo per farmi un mezzo litro prima che arrivasse.

Che comportamento era? Helle non si era mai immischiata prima di allora in quello che bevevo. Avrebbe cominciato ora? Ora che il bisogno di liquidi nel corpo era quasi proporzionale alla distanza dalla birra alla spina più vicina.

Siamo qui! – tuonò una voce.

Higgins stava sotto il tavolo fisso a far non so cosa. Indossava la sua bella camicia hawaiana delle grandi occasioni, il piede destro calzava una scarpa da ginnastica Adidas che mi era familiare e il piede sinistro calzava una scarpa Puma di recente fattura.

Che stai facendo là sotto? – chiesi

Cerco cannucce usate

Per far cosa?

Arte da cannuccia è l'ultima tendenza di New York – rispose Higgins.

Allora sarà proprio l'ultima – dissi, e me ne pentii subito – Ce n'è una laggiù – dissi, indicando la parete.

Higgins si curvò e si rialzò con una cannuccia gialla in mano.

Perfetto! – esclamò Higgins.

Per caso hai visto Helle? chiesi, avvicinandomi al bancone.

E' in bagno – rispose Haagen.

Se vuoi sapere COSA fa in bagno, lo vai a vedere da te – aggiunse Hjort.

Rimasi ad aspettarla, finalmente arrivò: indossava una giacca in pelle e qualcosa che somigliava ad una gonna-pantalone color lilla.

Viene bene la cucina? chiesi ad Helle e la baciai.

Sì.

Ma va tutto bene?

Procede tutto un po' a rilento.

E' il clima

Oh!

Herman dice che si sta preparando qualcosa – dissi.

Dovevo parlarle del lavoro? Ovviamente. Meglio aspettare un po'.

Cominciava ad arrivare gente. La gente si aggirava in cerca di qualcuno con il quale scambiare la propria spiritualità. Il fumo creava una cappa e Hjort aveva spento il condizionatore molte ore prima. Ero completamente assorto nel seguire le conversazioni che lentamente erano passate dall'essere insensate al disperatamente insensate.

Creo le mie sculture migliori quando indosso mutande molto aderenti – affermò Higgins.

Eeh? – Haagen aveva stabilito un contatto visivo con una donna seduta al bancone. Assomigliava ad una Hilde o Herborg o Halldis qualunque, e il contatto visivo sembrava ricambiato, perché non riuscivano a staccarsi gli occhi di dosso.

Le sculture perdono spessore quando lavoro con le palle libere. Hanno semplicemente abbisogno di un sostegno.

BISOGNO – urlai dall'altro lato del tavolo.

Di che ? – chiese Haagen

Si dice: BISOGNO.

Io non sopporto le polpette di pesce con la salsa bianca – spiegò Higgins.

Siamo rimasti a pensarci tutti insieme per un attimo, bevendo, fumando e stringendo le gambe per ritardare di qualche minuto il giro successivo in bagno. Nel locale, un tizio si faceva strada con una sedia sopra la testa. Si stava dirigendo verso il nostro tavolo. Lo avevo già visto, era un conoscente di Haagen. Il famoso e disgustoso Hagbart, che aveva suonato il triangolo o il piffero durante una registrazione in una sala di incisione negli anni '80. Aveva infilato la sua sedia tra quella di Haagen ed Helle, mischiandosi alla nostra conversazione.

Mi è sembrato di aver sentito qualcuno parlare di polpette di pesce?, disse.

Stiamo parlando di mutande – rispose Haagen.

Io non le porto affatto – disse Hagbart e fece l'occhiolino a Helle.

Diamine, chi si credeva di essere quel tipo? Mi avvicinai ad Helle e le strinsi la mano. Lei ricambiò la stretta e questo mi rassicurò. Ma poi pensai che se lei era interessata a quel tipo, nulla le impediva di ricambiare ugualmente la mia stretta, perciò dovevo comunque intervenire.

Suoni spesso il triangolo? – dissi

Il triangolo?

Sì, credevo tu suonassi il triangolo, oppure le nacchere?

Hagbart rise gioviale e mi spiegò che suonava il basso. Lo avevamo forse sentito suonare ultimamente nel disco di Hubert & Hannkattene? no, nessuno di noi; ma questo non sembrò affliggere particolarmente l'orgoglio di Hagbart, poi si chinò in avanti e disse a bassa voce:

E' tutta quistione di saper mantenere un ritmo regolare – e guardò Helle dritto negli occhi. Osservai le mani di Hagbart: erano pelose e orrende.

QUESTIONE - dissi

Questione – ripeté Hagbart

Ma che storia era questa? Il tizio stava FLIRTANDO con Helle? Ci stava veramente PROVANDO? Il ché era peggio.

Che lavori fai? – mi chiese Hagbart.

E' correttore di bozze al VG – rispose Helle e lo disse con un tono di voce così orgoglioso che mi sentii come l'attaccapanni dove appende il suo cappello. Mi ricordai di non aver più un lavoro e questo mi fece sobbalzare sulla sedia.

Faceva veramente caldo nel locale! era già cominciata la stagione di accensione del riscaldamento? mi sentivo soffocare e sudavo, l'aria era pesante e appiccicosa come una caramella succhiata. Uscii dal locale per prendere un po' di aria. Una macchina della polizia passò lentamente davanti. Salutai mascolino i poliziotti in macchina e guardai il cielo. Non c'era una nuvola! e se non era nuvoloso, allora era già buio. Era ora di tornare a casa, pensai.

Rientrando mi imbattei in Haagen che stava facendo un giro nel locale. Mi prese da parte e mi piantò la sua faccia barbuta davanti, cominciando a parlare: voleva a tutti i costi che io venissi a conoscenza del suo nuovo progetto insieme a Higgins. Una cosa che doveva raggiungere il cuore della gente. Quello che non ero riuscito a fare io. C'entrava il pesce o il pane? o si trattava di una specie di castello che il sabato si trasformava in un quartiere popolare? comunque era qualcosa di ambulante. Qualcosa che avrebbe fatto guadagnare un sacco di soldi. E poi cominciò a parlare un po' del tempo, che stavano andando verso l'inverno e che lui aveva un ACCORDO con non so chi. Parlava di me? Non saprei. La parola SOLDI ebbe un certo effetto sulla mia coscienza. Il resto mi entrò in un orecchio e mi uscì dall'altro?

Helle non si era accorta della mia assenza. Le presi la mano nella mia e le feci segno che volevo andar via. Ma lei rimase seduta, lucida di sudore, con la mano nella mia. Allora mi liberai nuovamente per andare in bagno.

L'anarchia si era spinta fin troppo oltre in questa città, pensai mentre tiravo lo sciacquone. La gente prendeva le cose di petto. Soprattutto per quel che riguardava l'erotismo. Alcuni credevano che bastasse servirsi da sé, attingendo a piene mani senza aver rispetto per chi avevano di fronte. Arraffavano tutto come se fossero nel negozio del bengodi credendo di poter prendere tutto gratuitamente. Ma prima o poi avrebbero fatto i conti. Di questo ne erano certi quelli più svegli.

Quando ritornai al tavolo, mi sedetti, ma mi agitavo sulla sedia, cercando di catturare l'attenzione di Helle. Era china su Hagbart e lo ascoltava nel suo infinito monologo su come si accorda un basso quando le temperature scendono sotto lo 0. La prima cosa da fare - mi sembrò di capire – era togliersi i guanti, ma il resto della procedura scomparve nel brusio della gente al Fire Høns.

Tirai Helle per la camicetta, prima dolcemente, poi con più decisione finché lei allontanò la mia mano e si chinò ancor di più ad ascoltare il "cavaliere". Anch'io mi chinai decisamente verso di lei e le parlai all'orecchio. Questa era una cosa che doveva farle ricordare i nostri primi viaggi da innamorati sulle montagne ventilate del Telemark. Ma neanche questo funzionò, e decisi di giocarmi l'ultima carta, intonando la nostra canzone preferita. Se non capiva ora, se ne sarebbe presa la responsabilità.

Vuoi farla finita? – disse Helle girandosi di scatto.

Mi guardò indignata, come se fossi una mosca fastidiosa. Ed era proprio così che mi sentivo: un verme che nascondeva la testa e si vergognava davanti a tutti. Fissai le mani di Hagbart. Si muovevano nell'aria e assomigliavano a un paio di chili di salsicce affumicate. Con i peli. Ed Helle si era lasciata affascinare da quell'uomo? c'era qualcosa negli occhi di Helle. Splendevano. E dannazione, non splendevano per me!, qualcosa urlò dentro di me.

Mi guardai intorno. Tutti pensavano a se. Ruttavano, bevevano, mostravano le foto della moglie e dei figli ad estranei che non avrebbero mai più rivisto.

Dove era la solidarietà quando ne avevi bisogno?, pensai.

Dov'erano le Autorità e la Chiesa?

Dov'era la polizia?

In quell'istante vidi quei quattro-cinque salsicciotti di Hagbart spostarsi dal tavolo per finire sulla coscia sinistra di Helle. Mi alzai di scatto lasciando cadere la sedia per terra.

C'è una mosca sul tetto – urlai.

Mi guardarono tutti, Hagbart, Helle e Haagen che aveva appena acceso un sigaro dopo una serie di vani e faticosi tentativi.

Lassù – indicai il soffitto. – Non mi credi? dissi con disprezzo, fissando Hagbart negli occhi, che mi sembrò un po' confuso un attimo prima di abbassare la sua zampa di maiale di nuovo sulla coscia di Helle.

Guarda – dissi. Il pugno arrivò proprio dove doveva, allo stomaco di Hagbart. Cadde in ginocchio, sibilando tra i denti un lungo e sonoro OUCH!, seguito da un'esalazione di tapas, caramelle alla liquirizia e birra da quattro soldi di qualche stamberga dei quartieri a est di Oslo.

Te lo sei meritato – dissi.

Helle emise un gridolino, si alzò guardandomi allo stesso tempo sbalordita e angosciata, poi si accovacciò per aiutare il suo nuovo amico.

Hagbart rimase così per un po' tenendosi le mani sullo stomaco. Ne approfittai per prendere un sorso di birra, aspettando che si alzasse. Ci mise del tempo; rimase abbastanza a lungo così, e poi cominciò a cercare per terra le monetine cadute. Tipico della gente del Sunnmøre[17], pensai. Fu positivo per me, perché ebbi addirittura il tempo di pensare ad altro. Al mio romanzo, per esempio. Un grande romanzo sull'amore, la vita e la morte, oltre che sulla costruzione di eccellenti casette per uccelli.

Quando Hagbart finalmente fu in grado di risollevarsi, faticosamente come un anziano, gli diedi una ginocchiata in faccia che se ne sarebbe sentito parlare fino all'ospedale odontoiatrico di Ørsta.

---

[17] Sunnmøre è una regione a ovest della Norvegia. Il carattere della popolazione del Sunnmøre è solitamente rappresentato come ordinario, insulso e particolarmente avido. [n.d.t.]

Due poliziotti vestiti di pelle giunsero alle mie spalle. Poliziotti? A dir la verità una era poliziotta.

Meglio tardi che mai – dissi.

Ci segua in stazione, Highbrow – disse l'agente di polizia.

Dunque conoscevano il mio nome, sì! pensai e sogghignai. Le chiacchiere – come ho già detto – volavano in quella città. Ero uno che contava nel circolo letterario, ovvio, e questi poliziotti sembravano usciti proprio da un romanzo criminale.

Non è necessario – risposi – l'uomo che cercate è steso lì. - Con la punta del piede diedi un calcio sul fianco di Hagbart che era steso a lamentarsi e frignare come un ragazzino che si era sbucciato un ginocchio. Doveva solo tenere il becco chiuso finché finivo di parlare con questi degni rappresentanti dell'Autorità.

Invece, ritengo sia il caso di seguirci in stazione - disse l'altro poliziotto avvicinandosi.

Parlava proprio come mio padre. Papà sarebbe stato decisamente orgoglioso di me in questo momento, pensai. Un figlio che si faceva strada nella vita.

La poliziotta era seduta a fianco a me durante il trasporto verso la Stazione di Polizia. Si rivelò essere una ragazza veramente carina di nome Hansson.

Ho il piacere di parlare con lo scrittore Highbrow in persona? – chiese Hansson arrossendo.

In carne e ossa! – esclamai.

Ho letto "*La Lettera*".

Avevo intuito che eri una persona con una certa conoscenza della letteratura – dissi.

Vado spesso in biblioteca – disse Hansson.

Ci sono posti peggiori da frequentare

Ho un debole per le poesie di Pessoa – disse.

Pessoa?

« Sono un nessuno / Non sarò mai qualcuno. / Tranne che portare in me tutti i sogni del mondo » - citò Hansson.

"*Il tabaccaio*" di Alvaro de Campos? – provai a indovinare.

Esatto – disse Hansson.

Proprio quella poesia era, secondo il mio parere, una delle peggiori di Pessoa, ma trovai opportuno tacere.

Pessoa è un introspettivo – dissi.

Rimasi disteso per terra ad ascoltare il frastuono degli arrestati notturni. C'era chi chiamava Dio, chi la madre, chi chiedeva una sigaretta. Nessuno reclamava una pizza, per esempio, o la pasta con la salsa Dolmio. Pensai ad una cosa che il buon poeta Rilke aveva esternato e precisamente che se anche un poeta finisse in prigione, avrebbe pur sempre avuto la propria infanzia alla quale attingere, quel « prezioso, regale, inestimabile scrigno dei ricordi ».

A cosa mi sarebbe servito? Ero un uomo distrutto. Uno che giaceva in prigione e si immaginava come Helle si fosse presa cura di Hagbart dopo aver lasciato il Fire Høns. A come avesse medicato i suoi graffi come se fossero ferite di granata della Seconda Guerra Mondiale. E poi sarebbero andati a letto insieme. Le scene si sovrapponevano: immaginavo Helle a cavalcioni su quello stupido, e poi lui che suonava il basso sul seno di lei. Ed io che rischiavo un'accusa per lesioni per aver difeso i miei legittimi diritti! un'assurdità!

C'era solo una cosa da fare: letteratura ispirata al vissuto. Almeno avrei potuto guadagnare qualche corona da tutta questa faccenda. Ma ci si poteva procurare della carta in questo cesso di cella? Anche qui vi era ostilità all'arte. Non mi venissero a dire che l'arte sboccia nelle peggiori condizioni. Si può cagare senza carta e penna, ma non si possono scrivere sonetti, pensai rovistando nella cella in cerca di qualcosa su cui scrivere.

Mi addormentai all'alba e sognai di andare via su un materasso ad aria al largo in alto mare. Era piacevole finché un'onda gigantesca si alzò e capii che stavo per perdere il controllo nel bel mezzo del Mare del Nord. Mi risvegliai di soprassalto e vidi un paio di occhi rassicuranti.

Come va? – era Hansson.

Ho fatto un incubo – risposi.

Credo che ti sia servito da lezione – disse Hansson – capisci che non ci si può comportare come ieri, Highbrow?

Non so.

La prossima volta manterremo il controllo, vero?

Ci proverò – dissi.

E mi aiutò a rialzarmi, mi spazzolò la giacca, mi accompagnò lungo il corridoio, fino in ufficio. Mi restituirono l'orologio. Erano le 8 e 10.

Anch'io scrivo – disse Hansson.

Ah sì!

Principalmente poesie – disse e descrisse la sua poetica in un modo molto efficace e di facile comprensione: la poesia era per lei tutto quanto non avesse a che fare con il lavoro. Escluso il calcio.

Capisco – dissi – il mio consiglio è di non concedere tutto al lettore. Il lettore deve metterci qualcosa di suo.

Grazie per la dritta.

Appena uscito dalla Stazione di Polizia, sentii freddo. L'autunno era arrivato mentre ero agli arresti? l'autunno con il suo appestante odore di zuppa di cavoli e il vento pungente? L'autunno con i suoi giorni limpidi e le piogge infinite? Fui percorso da un brivido di gioia, come linfa in un albero. Se mi ero abbattuto per un istante, ero pronto per cominciare a lottare di nuovo.

La gioia non durò a lungo. Appena i raggi di sole del mattino mi raggiunsero, capii che quel giorno sarebbe stato ancora più caldo dei precedenti. Il sogno di giorni più freschi rimase, appunto, un sogno.

Se un paio di settimane prima qualcuno mi avesse chiesto se fossi interessato ai camion della spazzatura, gli avrei riso in faccia. Anzi, sarei stato persino un po' sarcastico. Ora, invece, mi incuriosiva un camion della spazzatura blu parcheggiato sul marciapiede. La curiosità aumentò quando sul fianco della vettura lessi il cartello: *POESIA EXPRESS. TU CHIAMI E NOI SERVIAMO.*

Higgins, seduto sul sedile anteriore, intrecciava cannucce. Mi guardò, come se stesse valutando le mie condizioni. Le conclusioni tratte dovevano essere positive, perché proseguì imperterrito quello che stava facendo. C'era qualcosa che mi piaceva di Higgins: laborioso come una formica. Metodico, determinato. Ogni attimo libero era per lui un'opportunità per far crescere il tempio della sua arte.

In media si producono più cannucce di colore giallo – mi disse appena entrai per sedermi a fianco – E' una teoria che sto cercando di dimostrare scientificamente.

Qual è l'ipotesi?

Che la città è piena di cannucce gialle – disse Higgins. Il suo telefono squillò. Ascoltò attento mentre terminava di sistemare le cannucce sotto il sedile.

Dobbiamo andare – disse Higgins al termine della conversazione – Haagen ha bisogno di assistenza.

Sentii una musica provenire dalla tomba del grossista Hjalmar Holst-Humperdonck. Un esile, soffuso suono di sassofono si distingueva sopra il brusio delle vedove inginocchiate a sistemare fiori sulle tombe sprovviste dei propri mariti. Haagen era disteso nel suo sacco a pelo con il sassofono. Si esercitava su "Öppna landskap", la cui melodia risuonava sopra le tombe.

Come va? – chiesi.

Finché dormo con il mio amore, niente di male mi potrà accadere – rispose.

Bella posizione – dissi – ma come diavolo hai fatto a chiuderti in quel sacco?

Mi sedetti rassegnato su una tomba, pronto a scuotere la relazione di Haagen con il suo dieci pollici.

TU devi solo tenere la bocca chiusa – disse Haagen.

Ops. Ti ho già pestato i piedi di buon mattino?

Per prima cosa hai picchiato uno dei più bravi bassisti che io abbia mai conosciuto – disse Haagen – e per seconda, hai lasciato ad altri il compito di accompagnare a casa la tua donna.

La mia donna?

È molto dispiaciuta.

Ah sì? è dispiaciuta lei? e di cosa si sarebbe dispiaciuta? – dissi amareggiato.

Non è facile dirlo.

Ah no?

Haagen giaceva immobile, mentre ascoltavo il rumore del treno in lontananza e Higgins che si dava da fare per sbloccare la zip inceppata del sacco a pelo. Se Haagen credeva che fossi andato ad aiutarlo per sentirlo parlare dei sentimenti di Helle, si sbagliava di grosso. Avevo altro a cui pensare che stare a sentire come se la spassavano nel tempo libero le mie ex-fidanzate. Avevo una carriera alla quale pensare.

La zip si liberò e Haagen tirò fuori il sassofono dal sacco a pelo e lo ripose a fianco. Poi cominciò a vestirsi ancora sdraiato nel sacco. Aveva una tecnica unica che ammiravo e che mai avrei adottato.

Anche se capivo dove volesse andare a parare Haagen con il suo commento, non ero certo il primo scrittore al mondo che si fosse picchiato con qualcuno. Gli avrei dovuto, per caso, ricordare di Hemingway e del suo continuo bisogno di buttarsi nelle risse? oppure di quel dadaista che nei primi anni del secolo scorso corse per tutta Zurigo con una pistola carica per sparare al suo rivale? probabilmente sarebbero state solo perle date in bocca ai porci.

Higgins si accinse a preparare le uova con il prosciutto sul fornello da campo di Haagen, mentre Haagen si concesse qualche flessione prima di annodarsi la cravatta appesa su un ramo.

Basta con la vita all'aria aperta – disse Haagen, seduti ognuno su una tomba a far colazione.

Sei stufo? - domandai

E me lo chiedi?

Certo, non è lecito domandare?

Chiedi, chiedi – disse Haagen – se poi c'è chi ti risponde, è un'altra faccenda.

Era di umore il ragazzo! Ero appena stato rilasciato dopo una notte in prigione a Grønnland, per venire nel suo loft all'aria aperta e sentirmi prendere in giro in quel modo?

Qual è il tuo problema, insomma? – dissi.

L'autunno è dietro l'angolo. E quello che viene dopo l'autunno non oso neanche immaginarlo.

Considera una cosa per volta – dissi.

Abbiamo bisogno di un obiettivo e di un tetto sopra la testa, Hobo! *Poesia Express* potrebbe essere l'inizio di qualcosa di grande. Poesia pronta per tutti! impacchettata con musica e arte pittorica!

Haagen parlava con una certa autorità. Parlava come un capo che indica la via della salvezza ad un assemblea di vecchi, donne e bambini. Higgins, dal canto suo, annuiva e guardava il cielo.

Abbiamo tutti bisogno di darci una mossa – concluse.

Sulla strada del ritorno, passammo davanti a un paio di bidoni. Higgins si fermò e trovò un paio di lampade e una sedia da ufficio che voleva prendere con sé; Haagen, invece, trovò un vecchio leggio sbilenco che, con un po' di buona volontà, poteva servire per mettere ad asciugare le calze sudate. Poi proseguimmo fino allo studio-atelier di Higgins, dove cogliemmo l'occasione per dare un'occhiata alla sua opera "Sempre peggio".

Higgins aveva utilizzato i pezzi di legno come base della scultura, mentre le altre cose erano state montate come prolungamenti o elementi associativi; il grande lavandino era montato su un lungo tronco e poteva somigliare ad uno "stomaco"; la "mia" scarpa da ginnastica sbucava fuori come un becco. Ma conoscendo Higgins, vi erano mille modi di interpretare la sua creazione. C'era solo da aver fantasia.

Secondo voi lo dovrei dipingere? – chiese Higgins.

Non saprei – risposi.

Sarebbe un intervento sui materiali originali – disse Higgins – tuttavia una cauta colorazione potrebbe dare il giusto tocco.

Sono d'accordo – disse Haagen.

D'accorso su che? – domandò Higgins.

Che ne diresti di un po' di rosso sullo stomaco? – dissi

Stomaco? chi ha detto che quello è uno stomaco? – esclamò Higgins.

Assomiglia ad uno stomaco – confermai.

Mentre Higgins e Haagen si accinsero a preparare una presentazione più dettagliata del progetto *Poesia Express*, io feci un giro nell'atelier. A parte il disordine sul pavimento, era pulito e ordinato. Bèh ordinato nel senso che, per esempio, sull'attaccapanni erano appese due tute di colore arancione.

Curioso! – esclamai – lo sapete cosa mi ha raccontato Hjort? Ha detto di aver visto due uomini vestiti con due tute simili che si portavano via il mio divano.

Quando? – disse Haagen

Nel cuore della notte – risposi.

Ma Higgins e Haagen erano troppo presi dal proprio progetto da non osare lasciarsi coinvolgere in una conversazione sui divani ambulanti. Avevano appena spiegato un enorme foglio di carta su un angolo libero di pavimento e mi fecero segno di avvicinarmi.

13

Appena rientrai nel mio appartamento, mi accorsi che la spia della segreteria telefonica lampeggiava. Blink, blink, blink, blink. Due rapidi lampi significavano che i messaggi erano due. Potevano essere due messaggi brevi oppure due messaggi lunghi. Poteva trattarsi di un silenzioso respiro dal passato. Qualcuno che non voleva farsi riconoscere. Oppure poteva essere un messaggio inaspettato, comunicato con voce chiara e stentorea: « E' pregato di prendere il primo volo per Londra! », il mio agente aveva letto il manoscritto e voleva discutere le condizioni nel suo ufficio il più presto possibile.
Spinsi il bottone.

Ciao. Sono Helle. Sei sparito ieri. Mi chiedevo se andava tutto bene.

Sparito ieri? Senti chi parla?, lei che mi ha lasciato impalato con il primo bellimbusto.

Ciao, Sono sempre io. Mi potresti richiamare? Ho invitato a pranzo mamma e papà per giovedì. Ho pensato di preparare il Boeuf Bourguignonne. Mi sembra una bella idea. E poi…c'è una cosa di cui vorrei parlarti.

BELLA idea? No, la risposta era no. Anzi, sembrava proprio una pessima idea. E poi cos'era questa storia di dovermi parlare? Di cosa non avevamo già parlato? Parlare di che? Doveva spiegarsi meglio e non intendo dire "spiegarsi meglio" tanto per dire, intendo Spiegarsi Meglio, con le lettere maiuscole, in modo esplicito come i lupi che si aggirano intorno alla preda squartata con i brandelli di carne ancora in bocca.
Immaginavo già quale piega avrebbe preso quella chiacchierata telefonica. Era decisamente più facile immaginare quella piuttosto che sapere come l'eroe del mio romanzo sarebbe riuscito a costruire una casetta per uccelli.
Lo sai che mi piaci tantissimo – avrebbe detto lei – Ti amo.
Sento solo che lo dici – avrei risposto io
Possiamo rimanere amici – avrebbe continuato a dire
Potremmo?
Certo – avrebbe ribadito.
E poi avrei mentito e le avrei detto che la salsa era in pentola e che era schizzata sulla cucina e fino al soffitto – le avrei detto - e poi mi sarei addentrato in una lunga descrizione della Passione di Gesù. A quel punto Helle avrebbe riso dall'altro capo del telefono e avrebbe detto:
Stammi bene! – ed io mi sarei affrettato a riagganciare per primo e mi sarei messo a passare l'aspirapolvere.
Cercai di immaginarla: i suoi capelli scuri che si era appena tagliati con una frangetta all'egiziana. Poi immaginai il sorriso (che si era rivelato essere falso e ipocrita). Poi, il suo modo di camminare, l'andatura che immaginavo simile alle donne egiziane di alcune migliaia di anni fa, con le brocche sulla testa e

senza indumenti intimi. Estremamente eccitante per gli uomini egiziani che, presumibilmente, non avevano nulla di cui lamentarsi.

Simili fantasie, avevano un elemento sessuale che non mi piaceva. Non ero assolutamente in uno stato d'animo erotico dopo una notte in cella. Inoltre queste fantasie erotiche abbattevano il mio lato spirituale. Non che avessi nulla contro le prostitute o Madonne che fossero. Se solo ci si potesse fidare. Ma delle donne non ci si poteva fidare, lo avevo provato. Erano traditrici e spietate. Foglie al vento. Un qualsiasi ciarlatano con il portafoglio pieno e quel bagliore negli occhi le avrebbe fatte scivolare dentro il letto di chiunque.

Helle mi aveva profondamente deluso.

Aveva venduto il nostro amore per un pugno di monetine di argento.

Anzi svenduto.

14

Le casse con i libri erano pesanti. Le trascinai fino in camera e le aprii. Era il pacco de "*La lettera*", sì. Conteneva le primissime copie del romanzo. Alcuni esemplari che erano rimasti a impolverarsi in qualche angolo della casa editrice. « Impolverarsi » è una parola, forse, troppo leggera; erano stati lasciati "marcire" è più corretto. Alcune copie avevano il ben noto timbro DALL'EDITORE.

Il numero delle casse e di altre schifezze sparse nell'appartamento era esagerato e dovevo prendere una decisione in fretta se non volevo rimanerne soffocato. Dovevo assolutamente rimboccarmi le maniche e farmi un po' di spazio.

Uno svantaggio momentaneo era l'assenza del mio divano e del tavolino. Avevo bisogno di un posto dove appoggiare i piedi quando mi toglievo le calze per far prendere aria ai piedi durante le piccole pause dal lavoro. Avevo bisogno di un posto dove svuotare le bottiglie di birra quando vedevo Norge Rundt in TV. Avevo bisogno di un bel tavolo con lo spazio per metterci una torta e i cucchiaini per la gente come Haagen, Higgins o Hjort in visita per il compleanno. Era tutto da ricominciare, pensai.

Proprio questa storia delle feste di compleanno forse non è realmente contingente, pensai sistemando una fila di "*Il Posto delle more*" sul parquet. Qualcuno aveva ben pensato di stabilire la mia data di nascita il 15 luglio e in quel periodo dell'anno la città era deserta. Tutti se ne andavano al Sud o a raccoglier bacche a Lier. Beato chi compie gli anni in autunno, pensai. I componenti degli A-ha erano nati in autunno e guarda i risultati!

Ci volle una cassa intera di poesie per completare le "fondamenta". I sonetti erano così densi di vita vissuta che avrebbero retto bene la composizione del resto del tavolo. La parte più difficile della fila successiva era decidere come sistemare "*La lettera*" – in lunghezza o larghezza – o probabilmente in una struttura a opposizione e in direzione della stanza. Ci impiegai quasi un'ora per trovare il verso giusto, ma come dissi in seguito ad Haagen: - Ne è valsa la pena!

Quando finii, mi buttai sul letto sospirando soddisfatto. Avevo fatto un bel lavoro. Avevo praticamente fatto qualcosa di utile per me. Ma non mi adagiai a lungo sugli allori, nessuno può dirlo. Un lampo di ispirazione mi fece saltare su dal letto per andare a cercare tra gli scaffali della libreria. Le ultime conversazioni con Helle avevano insinuato in me il dubbio sulla sua affidabilità in materia letteraria. A lungo avevo tenuto rigidamente separato i sentimenti dalla conoscenza accademica. La mia opinione era che se la gente era marcia e dalle dubbie qualità morali in determinate occasioni, non significava che anche il resto della loro vita fosse marcia. Ora, era giunto il momento di capire una volta per tutte se ero stato anche in questo caso un ingenuo e un povero illuso.

Presi dalla libreria tutte le raccolte di poesie e i romanzi di Olaf Bull e mi andai a sedere vicino la finestra. Consultando l'indice dei libri, potei rapidamente constatare che "*La perdita dell'estate*" non si trovava né nella raccolta *"Poesie Nuove"* né in *"Le stelle"*, bensì in *"Poesie e racconti"* del 1916.

No, non si trattava di una svista. Helle mi aveva consapevolmente fuorviato, pensai. Sebbene non avessi più fiducia nel suo amore, fino a quel momento avevo ancora piena fiducia nella sua competenza linguistica e letteraria. Strappai il libro e lo buttai fuori dalla finestra. Ed ora toccava allo Scarabeo. Sbarazzarsi immediatamente della propria scatola di Scarabeo era incredibilmente doloroso, ma assolutamente necessario per andare avanti. Aprii il coperchio della spazzatura e constatai che la scatola del gioco era troppo grande per essere buttata così com'era. Avrei dovuto schiacciare e accartocciare la scatola nel secchio. Parte dei pezzi fuoriuscirono dalla scatola, lettere solitarie caddero a casaccio nel secchio e mi sembrò di udire il suono distinto delle singole lettere mentre cadevano: A! B! G! X!

Dopo questa necessaria pulizia, mi sentii più leggero d'animo e pronto a proseguire il romanzo. Avevo in mente tante scene, ma non il modo di collegarle tra loro. Non avevo ancora pensato a come sbrogliare i radi brani del romanzo in cui le scene rimanevano come cumuli di pietre frastagliate sulle montagne. Il successo letterario consisteva nel condurre il lettore da un capo all'altro, pensai. Gli intervalli, che permettevano al vento del nord di spazzare via tutto, erano proibiti. Questa volta ero assolutamente deciso a raggiungere il grande pubblico, senza dover scendere a compromessi con la mia integrità di scrittore. Sapevo che appena avrei pubblicato il mio capolavoro, sarei stato immediatamente acclamato nella comunità letteraria.

Non mi interessava un granché il riconoscimento della comunità letteraria NORVEGESE. No, guardavo ben oltre i confini. Era – come noto – qualcosa che richiamava gli agenti letterari mondiali, quel tipo di gente con la quale avevo intenzione di entrare in contatto. Sarebbero state le mie talpe, pronte a scavare per me nel panorama letterario globale.

Misi su il CD *"Headlines and Deadlines"* e appena *"Take on me"* risuonò dagli altoparlanti, sentii l'ispirazione crescere e cominciai spontaneamente a scrivere la scena in cui il protagonista comprende di essere parte di qualcosa di immenso. Dopo i viaggi nel deserto, con visite sporadiche nelle tende dei nomadi e giorni solitari sotto un torrido sole, la vita lo avrebbe portato in un contesto più impegnativo. Non era così che avrebbe potuto sognare il ritorno degli uccelli, senza altre conseguenze che l'essere svegliato al mattino dal loro cinguettio, in re maggiore e in bemolle? Oppure avrebbe dovuto prendersi la totale responsabilità dei pulcini? Le domande si susseguivano, ma poiché ero uno di quelli che amavano le domande più che le risposte, le lasciai in sospeso fino a quando il mio "io" creativo non avesse trovato la risposta strada facendo.

La scrittura fluì scorrevole per tutta la durata di *"Take on me"* e metà *"Cry wolf"*. Poi, un paio di domande pratiche sulla costruzione delle casette per uccelli cominciarono a farsi pressanti. Esistevano diverse tecniche di costruzione e mi mancava la competenza specifica per poter scrivere credibilmente in materia. Dunque, non era forse il caso di fare un po' di ricerche?

Bussarono.

Rimasi seduto.

Se speravo di poter fare qualcosa di significativo per l'umanità, non potevo essere reperibile a tutte le ore come un qualsiasi chiosco di bibite e panini.

Presi una matita e la temperai bene, a lungo. Mi chiesi se Hemingway soleva andare ad aprire la porta quando bussavano mentre scriveva? probabilmente no. Ma ero – per quanto è vero iddio – in cerca di una conoscenza certa. Non sapevo neanche quanto fossero diffuse le campane nel periodo successivo la Prima Guerra Mondiale, se esistevano i campanelli oppure bisognava fare alla vecchia maniera, bussando più volte sbucciandosi le nocche alla porta, chinandosi ad ascoltare, sperando di essere uditi. Udii qualcuno maneggiare la cassetta della posta. Balzai in piedi e andai alla porta. La gente diventava sempre più sfacciata e qui c'era proprio uno sfacciato maleducato che non accettava un no per quel che era: no. Spalancai la porta e guardai fuori. Helle era china intenta a mettere una lettera nella mia cassetta postale. Un'invadente violazione dell'intimità – pensai – oscena per la sua totale mancanza di rispetto per me e le mie cose.

Questa è una proprietà privata – dissi.

Helle sobbalzò e mi fissò con sguardo interrogativo con una mano sui reni come una vecchia che aveva dormito su un pessimo materasso.

Sei a casa? – disse

E dove vuoi che sia?

A lavoro – rispose.

Se era così attenta a questi dettagli e impicciarsi sul dove lavoravo se ad Akersgata o a casa o sulla luna, allora avrebbe fatto bene a farsi gli affari suoi!

Mi hai deluso, sei una bluffatrice – dissi.

Che stai dicendo?

Lo sai bene. Ti dice niente Bull?

Helle cercò di sbirciare in casa. Certo, erano accadute delle cose dall'ultima volta che era stata lì. Ma avrebbe visto ben poco prima che terminassi il mio interrogatorio. Nel frattempo, potei scrutarla più attentamente, ora che si era avvicinata. Era pallida e un aspetto orribile, ORRIBILE!, Era dunque questo che accadeva quando si faceva sesso notte dopo notte senza bere sufficiente acqua, pensai.

Ti riferisci a Olaf Bull?

Per esempio, sì. In realtà ci sono altri Bull. Brynjulf Bull e Trygve Bull, per citarne un paio.

C'era qualcosa di diverso nel volto di Helle. Voleva dirmi qualcosa in un modo o nell'altro, ma io non ero pronto, e non subito. E mi accorsi che indossava un anello che non ricordavo di aver mai visto prima. Era piuttosto sottile e piatto, ricordava l'aspetto di un anello di fidanzamento o una fede. L'amore viaggia sull'espresso, pensai.

Un giorno tu hai detto che *"La perdita dell'estate"* era nella raccolta *"Poesie Nuove"*. È una maledetta menzogna. Credevi di poter mentire su una cosa simile – dissi; con mia sorpresa sentivo gli occhi bruciarmi per le lacrime. Da dove venivano? Nessuno sa come finisce un giorno, prima che il sole sia tramontato. Non si finisce mai di imparare. Ora ne ero sicuro.

Posso sedermi? – mi chiese Helle.

Impossibile. Qualcuno mi ha rubato il divano. E inoltre, STO LAVORANDO.

Devo dirti una cosa.

Lo so, lo so.

Puoi venire subito a casa?

A casa? In quanto artista io mi sento a casa nel mio corpo, con me stesso. Mi troverai quando sono pronto. Ma oggi sono chiuso per ferie.

La spinsi fuori e sbattei la porta alle sue spalle. Per essere assolutamente certo misi la catena e tornai al lavoro. Sul pavimento del corridoio era rimasta la lettera di Helle.

Nonostante conoscessi il contenuto, esitai a prenderla. Un conto era conoscere la verità di per sé – un altro conto era che te la rinfacciassero a chiare lettere. Si capisce, no? ma per quel che concerneva la lettura, ero assolutamente curioso di sapere. Ero terribilmente tentato dall'aprire la lettera e controllare la costruzione semantica di Helle. Se per esempio, mi fossi imbattuto anche in un piccolissimo errore, ne avrei almeno goduto e avrei potuto usarlo contro di lei se ci fossimo incontrati un giorno per strada o in un negozio.

Va male, vedo – le avrei detto

In che senso? – mi avrebbe risposto.

Hai cominciato a scrivere "purtroppo" con una sola "p".

Non è vero - avrebbe protestato.

E invece sì – le avrei rinfacciato. E poi me ne sarei andato sorridente, abbandonandola confusa e impaurita sul marciapiede o tra gli scaffali di un negozio e sarei tornato a casa da solo verso il mio trionfo di scrittore.

15

Herman finalmente aveva avuto la partita di salsa Dolmio alle cipolle e funghi. Ne aveva presa una extra solo per me e l'aveva nascosta nel magazzino. Gli ero eternamente riconoscente per questo. Almeno il mangiare era tornato alla normalità. Si trattava dell'alfa e dell'omega per il lavoro che mi aspettava.
Ma la pasta non ti si mette sullo stomaco? – chiese Herman.
È solo un vecchio mito – risposi.
Più è antico, più è vero.
Gli sportivi mangiano molta pasta, dovrebbe essere una prova sufficiente – dissi.
Herman si strinse nelle spalle e andò a telefonare. Dal tono di voce smielato e accondiscendente – che faceva male alle orecchie starlo a sentire – capii che stava parlando con la zia, Hulda Høilund.
E i cavolfiori, va bene, e l'acqua tonica – Terminata la conversazione mi disse: Hai qualcosa da fare?
Sì – risposi
Seguimi – mi disse.
Uscimmo sul retrobottega. C'era la bicicletta, ancora con la scritta a caratteri grandi e neri su fondo blu "Le corna di Herman" e un telo impermeabile che avrebbe dovuto proteggere la merce da consegnare contro la pioggia, gli assalti dei corvi o di altri esseri criminali.
Il principio è pedalare e mantenere la giusta direzione – disse Herman.
Sono ben due cose.
Se consideri i binari del tram, sono quattro.

Poco dopo mi allontanai dal negozio sulla vecchia bici di Herman. Nel cesto c'erano i cavoli e l'acqua tonica per la signora Høilund e nella tasca posteriore dei miei pantaloni avevo la lettera di Helle che bruciava come una fiamma che non vuole estinguersi. La signora Høilund aveva sicuramente un magnifico secchio dell'immondizia che avrebbe accolto molto volentieri una lettera non aperta da parte di una fidanzata traditrice e l'avrebbe tenuta nascosta nel suo accogliente abbraccio. Sia io che la lettera eravamo in cammino.
Forse pedalare non era così male, pensai. Provavo, a dir la verità, un pizzico di libertà mentre pedalavo lentamente e cauto lungo i binari del tram a Frognerveien, per svoltare in un tratto di strada senza binari su Kirkeveien nei pressi dello stadio Frogner. La signora Høilund abitava nei pressi del cimitero Gravlunden e sebbene la salita per Volvat fosse impegnativa, non avevo intenzione di lasciarmi andare ad un'azione auto-punitiva. Ero pronto a combattere, però.
Nuovamente le domande riaffiorarono: Dovevo dunque andare all'estero per realizzare tutto il mio potenziale? per essere riconosciuto? avrei potuto vivere in 9 metri quadrati a Londra o New York come nei 30 metri quadrati di Oslo? Il pensiero, se non proprio seducente, era quanto meno logico. Nulla più mi legava alla mia patria. L'amore se ne era andato *"In frantumi"* come Björn

Afzelius[18] aveva eloquentemente espresso. Anzi, non si trattava di frantumi, bensì di polvere che il vento avrebbe portato al mare insieme al volo dei gabbiani e al polline delle betulle. Anche il lavoro era una storia finita. Presto l'apatia avrebbe preso il sopravvento e non avrei più reagito al declino linguistico di questo paese sperduto nel nord. Non era un buon motivo per trasferirsi in un paese dove il vessillo della lingua era tenuto alto e la cultura era il baluardo della nazione stessa? per esempio, Joseph Conrad non aveva forse cominciato a scrivere in inglese in età adulta creandosi un ampio spazio tra le stelle della letteratura britannica? per non parlare di Morten, Magne e Pål che hanno voltato le spalle alla Norvegia per trasferirsi in Inghilterra. Ma c'erano gli amici. Haagen, Higgins e Hjort. Ma anche lì c'erano un paio di cose che stonavano.

Mi fermai a Ringhuset. Non andavo più in bici da quella volta che votai la Sinistra alle elezioni comunali, verso la fine degli anni '70. Per dirla tutta, mi faceva male il sedere e in un paio di altri posti e avevo il fiatone. Con le mani massaggiai le natiche. L'unica cosa che mi venne in mente fu quella di sbarazzarmi della lettera di Helle e buttarla lì sull'asfalto. Per me poteva starsene lì, ma poi pensai alla tranquillità della mia vita privata. Chiunque l'avesse trovata, avrebbe potuto usarla un giorno contro di me. Presi la lettera e l'aprii risoluto.

Helle aveva una calligrafia incredibilmente bella. Non avevo mai avuto problemi nel districarmi tra accenti, ghirigori e caratteri svolazzanti che stavano sempre al posto giusto. Ma ora, le lettere saltellavano davanti ai miei occhi. Non riuscivo a cogliere il senso del messaggio. Se c'erano degli errori, in quel momento non ero in grado di vederli. Mi stropicciai gli occhi e lessi di nuovo la lettera:

Caro Hobo,

ti scrivo questa lettera anche se ci vedremo più tardi a casa. Sono incinta, dobbiamo parlarne insieme al più presto.

Tua Helle.

---

[18] Cantante svedese. [n.d.t.]

16

La signora Høilund doveva essere stata una donna bellissima da giovane. Lo era ancora oggi con i suoi 90 anni di tutto rispetto. Indossava una vestaglia di seta con cuori, farfalle e fiori ricamati e indossava un paio di calze pesanti. Mi diede una rapida occhiata e poi scomparve in casa a rapidi, piccoli passi.
Metti la spesa in cucina – mi urlò dalla stanza.
La cucina era luminosa e carina, ma l'unico cibo o bevanda che vidi erano tre bottiglie di vino rosso sul tavolo. A fianco alle bottiglie c'era un cavatappi d'avorio con una delicata incisione del London Bridge. Era un capolavoro di artigianato.
Devo ascoltare il notiziario francese – urlò la signora Høilund.
Faccia con comodo – le risposi.
Era seduta sul divano con l'orecchio incollato ad una radiolina, quando entrai nella stanza arredata con pezzi di antiquariato, le pareti erano ricoperte di oggetti artistici di ogni genere. Lungo le pareti erano allineate bottiglie di vino rosso in file compatte. Ecco una donna che aveva dei valori e un gusto per le cose belle, conclusi. O forse era il signor Høilund ad aver portato tutti quegli oggetti in casa? non lo vedevo in giro, per cui decisi di attribuire tutto l'onore alla signora. Su un tavolino c'era una pila di libri. Li scorsi con cautela. Non era per caso quell'obbrobrio letterario di Hubert Humpelfinger, *"Le zone erogene nel Medioevo"*? lo allontanai da me come se avessi toccato un topo morto.
Silenzio!, devo ascoltare – intimò la signora.
Mi scusi, signora
C'è Victor Hugo in studio. Ha appena pubblicato un nuovo libro – mi informò.
È morto – dissi
Davvero ?! – esclamò guardandomi perplessa – Sono tempi duri quelli di oggi. Eh già!
Sii gentile e va in cucina ad aprire una delle mie bottiglie di vino rosso – disse la signora Høilund.
Ritornai in cucina per svolgere il mio compito a cuor leggero. Mi piaceva quella sensazione di fare qualcosa di utile, di essere un piccolo ingranaggio di quel meccanismo che prende il nome di CURE PER GLI ANZIANI. Un meccanismo che a volte stenta, ma che viene svolto da un gruppo di volontari impegnati e solerti proprio come me, pensai.
I tappi delle bottiglie erano ben piantati e per tutto il tempo la signora Høilund mi urlava istruzioni incomprensibili dalla sua stanza. Ogni bottiglia doveva essere svuotata a metà perché la signora doveva bere almeno mezza bottiglia al giorno. Dopodiché, ogni metà doveva essere segnata con il giorno della settimana, cosicché la metà superiore riportava l'etichetta del mercoledì e quella inferiore l'etichetta del giovedì, altrimenti ci si poteva confondere, è chiaro. Dopo aver aperto le bottiglie con il cavatappi, i tappi dovevano essere rimessi per almeno un centimetro nel collo della bottiglia.
Finito il mio compito, tornai nella stanza dove la signora stava ancora ascoltando la radio. Un concerto di musica classica aveva preso il posto del

notiziario, la signora aveva un aspetto beato. Ecco, sta ricordando un vecchio amore, pensai. Ogni male era stato cancellato e si ricordavano solo le gioie. La lasciai stare in pace.

Sulle pareti della cucina, c'erano le foto di Herman nelle sue fasi di crescita: da neonato in braccio alla zia, poi adolescente in gita a pescare e con il cappello dei diplomati a 20 anni. Una fantastica progressione, ma mancava l'obbligatoria foto in costume da bagno che era uno dei baluardi della cultura occidentale, la foto in cui Herman guardava sorridente l'obiettivo della macchina fotografica con la paperella in una mano e la nave giocattolo nell'altra.

Le foto mi fecero nuovamente pensare alla lettera di Helle. Di cosa dovevamo "parlare"? Non certo del tempo. Helle non era il tipo di persona che si lamenta della pioggia o del vento. La prendeva per come veniva e basta. Le sottigliezze filologiche non erano più così importanti per lei. Era decisamente presa da altre cose. La conclusione della lettera, "Tua Helle", puzzava più di quaranta camion dell'immondizia.

Era incinta? Bene. Non era la prima donna di questo paese ad aver avuto una gravidanza indesiderata. C'è una lunga tradizione in Norvegia. Lo sottolineava persino il sociologo Eilert Sundt nei suoi scritti risalenti al 1800. Trovò gli usi e i costumi cittadini talmente immorali che decise di ritirarsi in collina. E se poi voleva proprio "parlare" con qualcuno, che lo facesse con il padre del bambino. Quel Hagbart, probabilmente. L'uomo con le zampe di maiale.

Pensare alla lettera di Helle mi fece venire la gola secca, e mi accorsi con terrore che una delle bottiglie di vino rosso era più piena delle altre. Vi era un'irregolarità che la signora Høilund avrebbe fatto notare, se non a me, ad Herman per telefono. Aprii la bottiglia e ne presi un bel sorso.

Cosa sta facendo, giovanotto ?

La signora Høilund era sulla soglia della porta e mi fissava. Era pallida e a mala pena si reggeva sulle gambe. I suoi occhi avevano una luce maligna.

Stavo regolando il livello – dissi.

Desidero un massaggio – disse la signora Høilund.

Ero in bici fuori dalla porta di casa della signora Høilund a raccogliere le forze. Era lunga la strada per tornare a casa, e come ho già detto non ero più abituato a pedalare, inoltre la visita alla signora Høilund mi aveva molto impegnato sia sul piano fisico che mentale.

Fissai la strada. Una salita in collina conduceva ai quartieri in fondo a Holmenkollen. L'asfalto era ricoperto di foglie e su entrambi i lati si affacciavano grandi e costose case con ampi giardini e vialetti che necessariamente dovevano essere spazzati dalla neve durante l'inverno. Per fortuna vivevo in un appartamento, pensai.

Era giusto lasciare la signora Høilund senza assicurarmi che stesse bene? non aveva un bell'aspetto. Ma Herman diceva che la zia avrebbe vissuto almeno fino a cento anni, perciò mi affidai a quel che diceva. In fondo l'esperto era lui.

Come l'anziana signora riuscisse a finire in una settimana tutta quell'acqua tonica, mi era incomprensibile. Per non parlare dei cavoli. Ma capii che una certa discrezione è necessaria in questi casi. Non erano domande che mi riguardavano.
Una coppia con il carrozzino sbucò dalla collina. Ridevano e scherzavano. Due genitori felici che facevano una passeggiata autunnale, pensai. Una famigliola in gita. Il papà si era ricordato di prendere il biberon e i pannolini. La mamma aveva vestito ben bene il piccolo per difenderlo dall'inverno che era dietro l'angolo in ogni istante.
Le risate si avvicinarono. Il padre si chinò sul bebè, lo giocherellò e rise. Come se i bambini fossero una cosa con la quale scherzare, pensai. I bambini erano un affare maledettamente serio. Sì, a pensarci bene c'era qualcosa di buono da dire sui bambini?, pensai. Non mi venne in mente niente, ma pensai di essere sportivo e leale e che forse era meglio non giungere a conclusioni affrettate: avrei dato ai bambini un'altra chance.
Mi chinai sul manubrio e rimasi a pensare qualche secondo, mentre continuavo ad osservare la coppia che si avvicinava: una brunetta sulla trentina di anni e un tipo allampanato con un'andatura spensierata. Sembrava che stessero facendo una gita domenicale, eppure si era nel pieno della settimana.
Ecco, c'era UNA cosa positiva nei bambini: erano decisamente gli avversari migliori a Scarabeo. Era facile batterli e divertente fregarli. Ricordo ancora quella volta che giocai a Scarabeo con il nipote di Helle. Fu molto divertente. Come si chiamava? Håkon ? Harald? Boh, qualcosa di regale, comunque.
La coppia era arrivata all'angolo dove stavo a filosofeggiare sulla bici. La donna non sembrava norvegese ed era minuta a fianco all'uomo. Qualcosa mi diceva che quei due erano in visita da queste parti. Per questo erano allegri, pensai e li capivo molto bene. Una famiglia che volutamente si trovava in Norvegia per trascorrere alcuni giorni doveva necessariamente essere felice al pensiero che presto avrebbero lasciato quel paese. Ovviamente accettavano liberamente questa "trovata" che era la NORVEGIA per la quale erano turisti che passeggiavano nel Paradiso celeste.
Passando davanti a me, l'uomo si voltò nella mia direzione e i nostri sguardi si incrociarono.

L'ultimo soffio d'aria scomparve dalla ruota anteriore della bici con un orribile fischio che ricordava il sibilo dei serpenti nella savana africana. Erano suoni come quelli che spinsero la mia collega Karen Blixen ad abbandonare il Kenya e prediligere la natia Danimarca. Il sibilo aveva preso il sopravvento sul suo lavoro e uccise la sua creatività. Presto sarebbe giunto il blocco dello scrittore e perciò non c'era altro da fare che prendere le valige e tornare a nord. Mi trovavo in mezzo all'incrocio con il cerchione incastrato tra i binari del tram e un paio di automobilisti impazienti proprio dietro di me. Che dovevo fare? Chiedere l'aiuto di Dio? Cantare l'inno? mi trovavo a un bel quarto d'ora dal negozio di Herman, indifeso e abbandonato come un bambino lasciato nel bosco a morire.

Le macchine alle mie spalle cominciarono a strombazzare. Riuscii a liberare la ruota e allontanarmi dalla loro traiettoria di tiro. Però ero nei pressi della scuola di Helle e un'ispirazione mi spinse a proseguire per quella via per dirle un tacito addio. Poiché mi sentivo come una mongolfiera che sta per alzarsi in volo, semplicemente legato alla mia terra da un'esile corda, il mattino seguente avrebbe portato l'imprevedibile. Forse mi sarei ritrovato a Londra, in Kenya o a New York.

Quando arrivai al cancello della scuola, vidi Helle uscire dalla palestra insieme ad un ragazzo. Un vero e proprio mandrillo con il cavallo dei pantaloni calato fino alle ginocchia, il cappello di lana fin sopra le orecchie e un enorme braccio ingessato. Helle indossava lo stesso abito estivo che ora mi sembrava brutto e scialbo. Che cosa avevano fatto nella palestra, era una domanda opportuna. Helle si era laureata in filologia e – nonostante le sue prestazioni atletiche in gioventù – non aveva quasi più messo piede in una palestra da allora.

I due passeggiavano lentamente nel cortile della scuola e parlottavano. Ridevano. Ma, Helle non aveva il viso insolitamente acceso, un pensiero suggeriva "ARROSSATO", come se avesse appena saltato la cavallina o si fosse arrampicata sulla corda? o forse aveva corso nel tentativo di mantenersi in forma? oppure si trattava di ben altre cose che avevano fatto? il pensiero mi fece scuotere sconsolato la testa. Era lui il vero padre del bambino e non Hagbart? Erano forse entrambi i più forti candidati al titolo di paternità? il ragazzo che era entrato nell'istituto scolastico poteva avere l'età di un figlio per Helle! Rabbrividii. Che Helle potesse cadere così in basso, era più di quanto potessi immaginare. O forse avevo notato questa tendenza senza dare il giusto peso? Lo credevo veramente in quel momento. Con il senno di poi è facile interpretare le cose. Nonostante tutto ero stato fortunato a sfuggire dalle grinfie di quella donna.

Herman stava parlando al telefono con la signora Høilund, quando ritornai al negozio. Stavano chiaramente parlando del caso Hubbing, perché Herman ripeteva sempre le parole BOSCO, BAMBINO, MADRE. Poi cambiarono argomento, esprimendo reciproca preoccupazione per il clima, che sarebbe peggiorato, ma sempre più caldo e avrebbe provocato gli incendi boschivi. Se continuava così, avremmo perso la fase più affascinante dell'autunno, pensai. Victor Hugo non fu nominato.

E' andata bene, vero? – mi chiese Herman.

Assolutamente perfetto. Tua zia è una persona affascinante – dissi.

Sì, certo, grazie!

Ma la tua bici ha bisogno di un controllo – dissi.

I binari del tram?

E cosa sennò?

Herman aprì il registro di cassa e mi pagò la commissione in contanti. Doveva essere stato estremamente contento per come erano andate le cose con la signora Høilund, perché mi diede molto più che una semplice mancia.

Posso contarci anche per la prossima volta? – disse Herman con un filo di voce.

Perché no? – risposi.

Qualcuno aveva distrutto la mia opera di costruzione. Metà divano era scomparso e il tavolo si era abbassato. Bene, era lusinghiero che qualcuno fosse interessato alle copie di libri come *"La lettera"* o *"Il posto delle more"*, ma era quello il modo di farlo? dopotutto ero un uomo accondiscendente che regalava più che volentieri i libri ai poveri e alle ragazze-madri; ma la nostra società aveva delle regole e queste regole stabilivano che si scrivesse una lettera, o si telefonasse o si bussasse alla porta per chiedere prima di passare all'azione e prendere l'oggetto desiderato.

Mi spogliai ed andai in bagno. Arriva il tempo in cui ogni uomo deve darci un taglio e scaricare tutti i problemi nel cesso. Era giunto quel momento, dissi a me stesso. Ma appena mi misi sotto la doccia, fui assalito da nuove preoccupazioni. Le macchie di vernice verde si erano sparse su altre parti del corpo. Dalle mani erano salite sui gomiti e fin sopra il torace. Più preoccupanti erano dei puntini rossi che ricoprivano parzialmente quelli verdi. Sembravano delle ferite sanguinanti ed erano più difficili da togliere.

Se lo sfogo non cessava, sarei dovuto andare dal medico. Il medico era una persona che cercavo di evitare, ma se la cosa fosse peggiorata, avrei mandato giù il rospo. Da quel momento in poi avrei trascurato di meno il mio corpo.

Uscito dalla doccia, constatai che qualcuno mi aveva chiamato al telefono. Era di nuovo Helle che mi assillava con quella storia del pranzo con i genitori? Ma quella donna era davvero così testarda? si chiedeva se era meglio preparare la pasta alla siciliana con olive, prosciutto e gamberi. E poi per finire, una richiesta piena di speranza: "Hai letto la mia lettera?"

NOOOO! Urlai contro il telefono e aprii l'armadio con uno strattone. Le donne mi facevano impazzire. Ma che assurdità era? avevo potuto constatare che vi erano ben due possibili padri per il suo bambino non ancora nato e precisamente HAGBART e il RAGAZZINO CON IL GESSO. Avrebbe fatto bene a rivolgersi a loro piuttosto che rompere l'anima di un artista che lavorava sodo!

Diedi un'occhiata agli scaffali dell'armadio. Quello superiore aveva l'etichetta "mutande". Un cassetto profondo e ampio che conteneva una quantità di boxer, slip e modelli più aderenti. Era vuoto. L'altro scaffale superiore era adibito per tradizione a conservare le calze. Le calze erano una cosa per cui ero particolarmente attento. Dovevano essere nere e di cotone a spugna. Anche quello scaffale era vuoto. A dir la verità tutto l'armadio era vuoto. La mandibola mi cascò per lo stupore lasciandomi a bocca aperta come uno squalo affamato.

Mi buttai sul letto. Che giornata! Ero spossato e decisi di accantonare un po' il romanzo finché non mi fossi ripreso. Scivolai sotto le coperte.

Il giornale che trovai sotto il cuscino mi era completamente sconosciuto. Era una rivista in neo-norvegese[19] sulle chitarre, PLETTRI, un'edizione vecchia di

---

[19] Il nynorsk (neo-norvegese) è una variante scritta e parlata della lingua norvegese, praticata soprattutto nelle regioni occidentali del paese. [n.d.t.]

un anno che era finita in qualche modo nel mio letto insieme ad un mucchio di riviste patinate SAX CON L'EX. Questi ultimi erano dei volgari giornaletti che mescolavano il sesso, con la musica e i vip. PLETTRI, invece, conteneva articoli e interviste interessanti a mitici chitarristi e musicisti del miglior calibro.

In quell'ultima ora avevo pensato poco a Helle. Mi ero sdraiato a sonnecchiare nel letto e fantasticare su cose piacevoli come per esempio quelle delicate canapè offerte durante i grandi eventi di lancio editoriale che si svolgevano a New York e Londra. Helle sarebbe presto diventata un pallido ricordo che sarebbe ricomparsa quando avrei aperto la porta di una camera straniera per trovarvi una persona ad aspettarmi.

Sfogliavo svogliatamente la rivista sulle chitarre. Un'intervista correlata all'uscita del nuovo album dei Savoy catturò la mia attenzione. Il sottotitolo diceva: *Quando Pål Waaktaar era un giovane uomo che sognava di diventare una pop star, non immaginava che un giorno si sarebbe chiamato Savoy.*

Ben detto, pensai. Certo che non lo sapeva, e non sapeva che sarebbe diventato una figura centrale della musica della seconda metà del 20° secolo. O forse lo SAPEVA? risiedeva latente da qualche parte nella coscienza di un grande talento che un giorno sarebbe diventato grande? Io lo sentivo. Perciò doveva essere così.

Il mio sguardo si soffermò sulla foto di Pål Waaktaar, capelli tinti e ciuffo all'indietro. Ma chi era la donna al suo fianco? quella ragazzetta minuta e mora?

Lessi la didascalia: Lauren Savoy !

Allora QUELLA era Lauren?!

Certo, avevo visto alcune sue foto, ma non avevo mai colto la sua personalità. Qui si presentava in modo completamente diverso e più diretto, solo ora capii che Pål aveva attraversato mari e monti per quella ragazza di Boston, che ora gli aveva dato un figlio di nome August – Augie era il vezzeggiativo – secondo quanto riportato dai giornali.

Per lei aveva scritto circa duecento canzoni nelle quali aveva riversato tutte le sue confidenze in un modo che noi altri non saremmo mai stati capaci di fare, e senza sembrare angoscianti. E mi resi conto che per qualcuno l'amore era veramente qualcosa di grande e di bello per cui valeva la pena lottare. Che esistesse qualcuno che sul serio cercava l'amore ovunque, per mari e monti. Cominciai a canticchiare *"Hunting High and Low"* e tradussi i versi del ritornello:

Ti cercherò ovunque tu sia
Non esistono confini
Dove non possa raggiungerti

Hmmm? Era proprio così il testo? Non mi sembrava molto bello, pensai. Un conto è l'essere innamorato pazzo, un altro conto è dichiarare di essere un tappetino davanti ai microfoni. Sono tuo, fa' di me quello che vuoi! oppure «andrò per mari e monti, non esistono confini dove non possa andare» era la traduzione più corretta , ma in questo caso sarebbe stata una canzone sul viaggio.

Mi alzai dal letto e presi a camminare su e giù per la stanza con la rivista in mano, ripensando a quello che era accaduto quel giorno. C'era qualcosa di conosciuto nella coppia con il carrozzino davanti la casa della signora Høilund. Un dubbio crebbe sempre più, mi precipitai a prendere l'elenco del telefono e cominciai a cercare. Sotto il nome "Savoy", c'era solo l'Hotel Savoy e non riuscivo a immaginarmi quei due al bar con il carrozzino e i pannolini di riserva, leggermente brilli, ridanciani e pronti a qualsiasi depravazione. Ma cosa mi induceva a pensare che quella coppia avesse la residenza a Oslo? in quella città stanca, piena di gente stanca? New York non andava più bene?

Esaminai nuovamente la foto. Non vi erano più dubbi. Quel pomeriggio all'angolo della strada avevo visto Pål e Lauren con il piccolo Augie nel carrozzino. Ridevano, e nel momento in cui mi sono passati davanti, Pål per un istante si è girato verso di me. Nel gesto della risata, aveva rovesciato il capo all'indietro e il suo sguardo si era posato su di me per un secondo. Poi le due tortorelle avevano proseguito la loro piacevole passeggiata, lasciando che la loro risata aleggiasse a lungo sopra i lilla sfioriti, i cespugli di rododendro e i cassonetti dell'immondizia che presto si sarebbero ricoperti di brina. Sentii una forza e una gioia crescere in me, passare attraverso braccia e gambe e invadere tutto il corpo fino alla testa. Avevo incontrato Pål Waaktaar! Avevo incrociato lo sguardo di Pål Waaktaar! E in quell'istante sentii una scarica nel corpo, come se in quel secondo mi fossi connesso ad una corrente di energia dalla forza sconosciuta. Era la corrente che passa attraverso i veri grandi talenti. Coloro i quali creano l'arte per l'eternità.

19

Non mi ero mai preoccupato di ascoltare attentamente i testi delle canzoni. Sia che la melodia fosse piacevole oppure no. Potevano cantare qualsiasi cosa per me, l'importante era che non mi deprimessero! Dal mio punto di vista, questo era il ruolo della musica pop. Mantenere gli aspetti piacevoli della vita al di sopra della miseria del mondo. Mantenere vivi i sogni.

Ma avevo reso un'ingiustizia a Waaktaar e agli A-ha, non ascoltando meglio i loro testi? decisi che avrei fatto un serio tentativo di recuperare quel che avevo trascurato. Seduto sul letto, con il blocco degli appunti e la matita, misi il CD per ascoltare *"Take on me"*.

Già il titolo era un buon punto di partenza. *Take on me*, significa tradotto letteralmente "prendimi". Ma che significa *Take me on*? Suonava singolarmente strano ed equilibrista. D'altra parte comunicava qualcosa della gioia linguistica che si trovava soprattutto in questi testi. Forse non era proprio così che un inglese, un americano o un australiano si sarebbero espressi per l'occasione. Ma non lo era neanche per chi ha scritto queste parole: un ragazzino timido di Manglerud.

PRENDI ... ME
Parliamo
Non so di cosa
Lo dirò lo stesso
Oggi è un altro giorno per trovarti
Shying away (cerca sul dizionario!)
Vengo dopo il tuo amore, giusto?
Prendimi (prendimi)
Accettami (accettami)
Me ne andrò
Tra un giorno o due
Non è stupido dirlo
Sono a pezzi
Ma sono io che inciampo
E comincio a capire che la vita è bella
Di' dopo di me
Meglio essere in salute che tristi
Prendimi
Accettami
Me ne andrò
Tra un giorno o due[20]»

La traduzione grossolana di *"Take on me"* era terminata, ora bisognava limare il testo. Ovviamente era una tentazione lasciarlo stare così com'era, e lasciar perdere di tuffarmi in una piacevole nuotata sulla superficie dei giochi di

---

[20] La traduzione tentata dal protagonista del romanzo citato è volutamente errata [n.d.t.]

parole. Ma non era forse il caso di cominciare a prendere sul serio la musica pop? la mia coscienza mi costringeva ad approfondire eventuali altre possibili interpretazioni. Andai a prendere il mio dizionario e cercai l'espressione TAKE ON. Poteva significare: *intraprendere; assumere (responsabilità, dipendenti)*. Controllai persino il lessico nello slang americano, che aggiungeva: *prendersela, scalmanarsi, accettare la sfida di (in una partita)*[21].
Sebbene non fosse servito ad illuminarmi, cominciavo comunque a intuire i contorni di un significato più profondo. Oltre l'estetica del contatto che – a prima vista – sottendeva il testo, vi era il grido, la richiesta di attenzione, di essere scoperti. Non era forse questo il punto in questione? qualcosa che andasse nella direzione del PRENDIMI IN CONSIDERAZIONE, o in altre parole: GUARDAMI.
I'll be gone in a DAAAAYYYYY canta Harket in falsetto nella versione originale. Questo era l'invito a cogliere l'attimo, Carpe diem, seize the day[22]. Questo è lo spazio in cui viviamo, qui ed ora, dobbiamo vivere e guardami ORAAA. E prendimi ORAAAA!
No, per il momento dovevo abbandonare l'idea del contatto e soffermarmi su quello della vista:

GUARDAMI

Parliamo
Non so di cosa
Lo dirò lo stesso
Oggi è un altro giorno per trovarti
E sta svanendo
Vengo a prenderti amore, O.k.?

Guardami
Guardami
Me ne andrò
Tra un giorno o due

---

[21] Le definizioni sono tratte dal Dizionario Inglese-Italiano Hassler Garzanti [n.d.t.]

[22] in latino e inglese nel testo [n.d.t.]

20

Poco dopo la mezzanotte qualcuno bussò alla finestra. Avevo messo da parte la traduzione ed ero in cucina per uno spuntino notturno. Poco prima qualcuno aveva giù bussato alla porta e credevo fosse di nuovo Helle. Forse credeva che avessi bisogno di sentirmi dire la storia del restiamo BUONI AMICI prima di andarmene a letto. Gliene avrei dette quattro, pensai e mi affacciai.
Sto LAVORANDO! – urlai
Bene – disse Haagen.
A dir la verità, sto dormendo.
Beh vedi di deciderti – disse Haagen – Attento!
Un sacco nero dell'immondizia fu scagliato attraverso la finestra, seguito da Haagen che si stava arrampicando. Questa era una chiara rottura dei miei propositi di mantenere una certa quiete intorno a me, perciò cercai di allontanarlo, respingendo la testa come quando si cerca di affogare un micio nella vasca da bagno. Inutile. Si fece strada con il sassofono.
Che buon odore qui! – disse Haagen appena riuscì ad entrare – Cosa stai cucinando?
Pasta.
E questo cos'è? – chiese infilando il naso nel barattolo di vetro della salsa Dolmio.
Cipolle e funghi.
Ho portato un po' delle mie cose – disse Haagen indicando fuori. Mi affacciai di nuovo alla finestra. In fondo alla strada, c'era un grosso comodino, un sacco e una cassa piena di immondizia.
Seriamente, Haagen, qui non c'è posto per tutta quella porcheria – dissi.
Allora esci – disse Haagen.

***

Com'è la vita senza lavoro? – domandò Haagen poco dopo. Avevamo portato dentro la sua roba e seduti sul letto ascoltavamo la lavatrice che funzionava in cucina.
Dunque le chiacchiere volavano così velocemente? Non ricordavo di aver detto a nessuno che ero senza lavoro. E tra l'altro non ero senza lavoro. Stavo lavorando per il mio romanzo.
Avevo appunto voglia di discutere con te sul concetto di lavoro – dissi – Per esempio, hai mai pensato all'enorme lavoro quotidiano che svolgono gli alberi in questo paese – tonnellate di acqua che si sollevano NONOSTANTE la forza di gravità, nutrimento che si sposta tramite ramificazioni fisiche, dalla terra attraverso le radici fin sopra la chioma arborea. Oppure al lavoro degli animali? e non sto pensando affatto alla formica. Ma per esempio, allo scoiattolo che raccoglie le noci.
Capita di pensare allo scoiattolo – disse Haagen.
Cosa vuoi in realtà?
Sei pronto per lo spettacolo di giovedì al Fire Høns?

Affatto.

Ma no !, non è il tuo stile – disse Haagen.

Cosa intendi?

Te ne stai qui sul tuo piedistallo a scoreggiare in solitudine.

Sto scrivendo il mio romanzo – dissi

Chi non lo fa?

E cosa vuoi dire con questo, ora?

Come va con Helle?

Non mi piacevano questi improvvisi cambiamenti di argomento di Haagen. Sul più bello che credevo di essere sul punto di fare una interessante conversazione sull'arte di scrivere e il lavorare con testi ampi e complessi, se ne esce all'improvviso con Helle. Completamente fuori dal contesto. Non era un bene per la salute.

Posso portarti i saluti di Helle e dirti che sta bene. È incinta – risposi.

Lo so – disse Haagen.

Ah sì?

Qualsiasi uomo che ha un minimo di istruzione si renderebbe conto di quando una donna è incinta.

Stai bluffando – dissi.

Piuttosto la domanda è: in tutto questo quadro tu dove sei?

La risposta è semplice – dissi – non ci sono. Non si sono neanche nel più remoto degli angoli. Ti do una dritta, il padre è Hagbart. E se vuoi avere il quadro completo, puoi anche scommettere su quel tipo riconoscibilissimo: gesso al braccio, testa infilata in un cappello e sedere all'aria.

Harald? – esclamò Haagen sorpreso.

Sai solo fare domande.

Haagen alzò gli occhi al cielo sconsolato, poi indicò la mia mano. Al dito indossavo un anello di metallo sottile, probabilmente d'oro, che non avevo mai visto prima. Assomigliava a quegli anelli che la gente si scambia quando si fidanza e per indicare che finalmente sono riusciti a pescare un partner dopo anni di vagabondaggi nella vita notturna di Oslo.

Complimenti per l'anello – disse Haagen.

Tsè!

Che c'è?

Non lo so – risposi cercando di togliermi l'anello. Inutile. Le dita si erano ingrossate e gonfiate dopo la pedalata. – Mi irrita la gente che va in giro con anelli simili.

Sta attento. D'ora in poi avrai bisogno di tutte le dita – disse Haagen.

A cosa alludeva? Quando Haagen parlava era come se ci fosse un altro significato dietro l'apparenza. Era maledettamente faticoso seguirlo quando parlava in quel modo.

Cos'è? – domandò prendendo il blocco degli appunti con la traduzione di *"Take on me"*.

Una ballata popolare che ho tradotto dallo slovacco – risposi.

Non riesci ad ammettere che gli A-ha sono passati, finiti ? – disse Haagen con indulgenza.

Falso. Gli A-ha si sono riuniti per andare più lontano di dove erano arrivati! – dissi.

Haagen scosse il capo e lesse. Lesse e poi allontanò il blocco lanciandolo sul letto.

Avevo completamente dimenticato quale enorme bisogno di contatto fisico avessero i ragazzi di Manglerud – disse Haagen. – Vivevano lì Magne Furuholmen e Pål Waaktaar, lì suonavano, applaudivano, si sollazzavano nella cantina al ritmo del metronomo. Forse si massaggiavano a turno il collo irrigidito? O si curavano con l'imposizione delle mani!? Touch me!

Forse questo era vero ad Asker e per Morten Harket – dissi insinuante per sottolineare come fosse completamente fuori luogo.

"*Take on me*" è tipico di Waaktaar – proseguì Haagen – adolescenziali appunti di diario imbevuti in un pasticcio synth-pop di baggianate ritmiche.

Mi alzai impaziente e cominciai a gironzolare per la stanza come un cacciabombardiere in ricognizione notturna. La piccolezza provinciale e l'atteggiamento da sapientone di Haagen erano evidenti. Era uno stupido. Una testa di cavolo. Un idiota che non sarebbe mai riuscito a farsi strada prima che questa si ricoprisse di sterpaglie.

Forse non è così strano che la casa discografica abbia preferito circondare quei tre di ragazzine impetuose e focose durante la registrazione del loro primo video – continuò Haagen – erano innegabilmente dei mammoni che avrebbero piuttosto alimentato fantasie omosessuali o simili.

Basta, adesso sei cattivo – lo interruppi – il bisogno di essere toccati non è assolutamente insolito nell'essere umano come negli animali. Per non parlare del bisogno di toccare.

E che mi dici del bisogno di pizzicare, picchiare, dare pugni e via dicendo? Non è forse questo ciò che "*Take on me*" incita a fare, un sottinteso invito all'uso della violenza?

Lo sguardo di Haagen mi lasciava intendere che lui considerava il mio rapporto con gli A-ha assolutamente insano. Vacillai e riconsiderai l'estetica del contatto con l'interpretazione più letterale e appropriata dell'espressione "TAKE ON". E pensai all'episodio del Fire Høns. Forse "*Take on me*" era recondita e latente in qualche parte del mio cervello, per non parlare di quello di Hagbart? Sì, "*Take on me*" non era, per caso, l'ideale colonna sonora di quella scena e la esaltava con i suoi ritmi incalzanti?

All'improvviso capii che ci trovavamo su un terreno scottante dove era facile superare i limiti. Esiste un confine invisibile da qualche parte in ognuno di noi, pensai. Per alcuni il limite è a mezzo metro da sé, per altri il limite non è affatto nello spazio corporale, ma in quello psichico. Picchiami, ma non calpestare le mie scarpe nuove di zecca, cantava Elvis[23]. E ovviamente non pensava realmente che qualcuno gli calpestasse i calcagni, ma indicava metaforicamente un limite psichico in un paio di scarpe.

A-ha e Pål Waktaar sono stati la cosa più grande che sia capitata nella musica pop norvegese dai tempi in cui Olaf Bull faceva battere i cuori delle donne sui

---

[23] "Don't step on my blue suede shoes", noto brano di Elvis Prestley. [n.d.t.]

palcoscenici mondiali – esclamai – mentre tu sei seduto con il tuo sassofono in bocca e credi di avere una risposta per tutto. In questo paese ce ne sono pochissimi come loro capaci di avere la stessa fiducia nelle proprie capacità e quella stramaledetta tenacia che da' più senso a questo nostro paese. A-ha meritano, secondo me, il plauso più incondizionato. HURRA! HURRA! HURRA!
Sei un bravo ragazzo, Hobo – disse Haagen.
Ho semplicemente il voltastomaco verso tutti coloro che nutrono sospetti nei confronti di chi ha realmente voglia di fare qualcosa – continuai – l'ho provato sulla mia pelle e so come deve essere stato per gli A-ha. Credo che anche loro lo abbiano sopportato, ma mi risulta ugualmente fastidioso esserne testimone. E la dice lunga su questo paese schifoso che chiamiamo Norvegia. Abbiamo persone di talento e intelligenti che si fanno strada da soli. Ma ne viene alcun bene? Affatto. E i giornalisti lo sanno bene. Sono diventati compiacenti, meschini e fanno domande stupide dalla mattina alla sera. Non c'è da aspettarsi altro da un piccolo paese di merda come la Norvegia, dove la gente non fa altro che leccare il culo per avere un trafiletto sul quotidiano locale.
Haagen, all'improvviso, mi sembrò affranto e stanco. Avevo usato delle frasi troppo lunghe? Capita spesso quando mi lascio prendere la mano.

21

Il mattino seguente mi risvegliai sul pavimento e mi ricordai di Haagen che nel corso della notte mi aveva cacciato fuori dal letto a colpi di calci. Ed ora giaceva comodamente sdraiato con il suo sassofono.

Benissimo. Era l'occasione giusta per stare lì con le braccia incrociate dietro la testa a fissare il soffitto e raccogliere le fila del discorso del giorno precedente.

Tutte quelle assurdità che Haagen aveva detto a proposito di Waaktaar e Furuholmen durante i loro anni trascorsi a Manglerud, dovevano essere frutto dell'ignoranza, pensai. Haagen era, tra l'altro, una persona ben istruita che sapeva raccontare un sacco di aneddoti sul sassofonista Charlie Parker, per esempio. Come quella storiella su Parker che era un sassofonista molto popolare tra le donne di New York perché aveva i muscoli della lingua molto sviluppati. Spesso doveva andare a casa loro per dimostrarglielo. Bèh, spesso aveva voglia di dire "No!", ma la fama correva più veloce di lui e quindi fu costretto a vivere anche di questo.

Appena Haagen si svegliò, gli ordinai di vestirsi e uscire con me, con la scusa di "fare un giro mattutino". Volevo precisare con lui che non ci sarebbe stata collaborazione possibile finché manteneva quell'atteggiamento nei confronti di Waaktaar e degli A-ha, nei termini con cui si era espresso la sera prima. Doveva praticamente prepararsi a cambiare. Appena svoltato l'angolo, vidi l'autobus per Tårnåsen sbucare in direzione di Bygdøy, colsi l'occasione di portarmi dietro Haagen fino alla fermata. All'improvviso, vidi l'opportunità per entrambi di approfondire la conoscenza della vita nei quartieri con le villette a schiera di Manglerud.

Salimmo sull'autobus. Haagen fu positivamente sorpreso dall'iniziativa e si mise subito in atteggiamento da viaggiatore. Erano lontani i ricordi dei suoi tour nel Vestland. Si muoveva irrequieto sul sedile, sbirciando fuori dal finestrino. Non voleva perdersi nulla, neanche l'attimo di esitazione sulla direzione che l'autista doveva prendere all'incrocio. Nessuno di noi aveva la più pallida idea di dove si trovasse Tårnåsen, ma contavamo sul fatto che si trovasse da qualche parte al centro di Manglerud. Ma per esserne certo chiesi all'autista.

Questo autobus ferma a Manglerud?

Manglerud?

Sì!

Che vai a fare lì?

E glielo dissi. Dissi delle villette a schiera e dei sogni che erano nati e cresciuti in quelle cantine. Dei figli nostalgici della socialdemocrazia.

Quei villini a Manglerud sono esorbitanti – rispose l'autista – Ho vissuto a Ryen e mi considero fortunato per essermene andato via in tempo.

E poi raccontò di aver ereditato la piccola tenuta dei genitori a Hadeland e che faceva il pendolare tutti i giorni.

Sono un uomo felice – concluse.

Presi quella risposta come un "no", ma non mi arresi per questo motivo.

Ci vuole molto per arrivarci? – chiesi.

A Manglerud?

Sì.

Troppo lontano. Tra l'altro sono in ritardo sulla tabella di marcia – disse premendo sull'acceleratore.

Quando tornai a sedermi, Haagen si era addormentato. Avevo fatto del male a quel ragazzo. Lo avevo tirato fuori dal letto per fargli fare un giro a Manglerud e stavamo andando in un'altra direzione. Non aveva fatto neanche la colazione.

All'altezza del Parlamento, sull'autobus salì una persona familiare. Era il redattore Holm in gita. Era uscito per fare uno dei suoi rari reportage oppure vi erano altri cose in programma?, mi alzai per cambiare posto.

La risposta venne da sé, perché in quell'istante Holm sistemò la sua sacca da golf sul sedile e si sedette a fianco. Di fronte a lui si sedette una coppia di anziani in gita a Strömstad.

Svegliai Haagen in prossimità della Stazione. Sarebbe stato un peccato se si fosse perso quella parte del viaggio. Si guardò intorno confuso e si chiese se eravamo arrivati a Balestrand[24], cosa che negai con evidenza. A dir la verità, ero troppo preso dalla voglia di visitare Manglerud per prendermela con Haagen. Manglerud si trovava sicuramente da qualche parte svoltando a sinistra. Ma l'autobus svoltò a destra dirigendosi a Bunnefjord.

Che bello! – sussurrò Haagen e si riaddormentò.

Poco dopo raggiungemmo una zona più isolata, con fitta vegetazione su entrambi i lati della strada; l'autobus all'improvviso accostò. Holm si alzò, diede uno sguardo verso il fondo dove eravamo seduti noi e scese. Non c'erano case, né marciapiedi, né vialetti, da nessuna parte. Vidi Holm con la sacca da golf a tracolla addentrarsi in un sentiero nel bosco.

Ho fame – si lamentò Haagen sprofondato sul sedile.

Mangiamo a Tårnåsen – risposi.

Tårnåsen? Ma non dovevamo andare a Manglerud?

Lo credevo anch'io – dissi.

Dopo poco entrammo in un quartiere più popolato e si intravidero le prime case a schiera. Haagen si risollevò per vedere meglio. Una sensazione esilarante colse entrambi. Se non eravamo a Manglerud, c'era pur sempre qualcosa da imparare a Tårnåsen?

L'autobus si fermò e noi scendemmo schiamazzanti e pieni di speranza. Dopo un primo baldanzoso incedere, ci fermammo a guardarci intorno. Tutto ciò che vi era di interessante da vedere era un supermercato con annesso un piccolo bar.

Haagen sembrò deluso, ma mantenne l'ottimismo uscendosene con una proposta creativa.

Devo andare in bagno – disse.

Anch'io.

Nel bar vi era solo un'anziana signora seduta al tavolino intenta a risolvere un cruciverba. Non vi era nessun altro, né al banco, né in bagno. Haagen si chiuse

---

24 Località balneare sulla costa occidentale della Norvegia. [n.d.t.]

dentro, mentre io feci il più presto possibile e andai a farmi un giro nel negozietto.

Il cassiere dormiva abbracciato alla cassa, come se fosse il suo cuscino. Avrei dovuto raccontarlo a Herman. Chi fosse riuscito a rubare la cassa del cassiere di Tårnåsen senza svegliarlo, sarebbe stato un gran bel ladro! Il mio sguardo cadde sull'edicola. Le testate del Dagbladet erano come sempre prive di arguzia e spirito. Lo scrittore di romanzi criminali non aveva ritrovato il suo gatto e il personale della casa editrice dormiva ancora sonni irrequieti. Quando buttai l'occhio sul VG, per un attimo mi sembrò di aver letto GV, ma a ben guardare constatai che si trattava ancora e sempre del vecchio, caro VG. Quel che era peggio, però, era la testata principale sulla copertina: RITRUVATA LA MATRE DEL BAMBINO.

Mi contorsi. Possibile che nessuno aveva controllato il testo prima di andare in stampa? Ma perché avrei dovuto preoccuparmene? E se, invece, c'era qualcuno che non sapeva che non lavoravo più come correttore di bozze al VG e si chiedeva come mai HOBO HIGHBROW si lasciava sfuggire simili sviste? Quel pensiero non mi piaceva affatto.

Uscii dal negozio e cominciai a passeggiare nervoso su e giù davanti all'ingresso. Non provavo la minima pena per Holm. Si era dato la zappa sui piedi da solo.

Sulla via del ritorno, rimanemmo in silenzio tutti e due, ognuno a pensare ai fatti propri. Anche se ero un po' deluso, avevamo appreso qualcosa in più sulla vita in quell'angolo della terra. Ora, potevamo tornare a casa e continuare le nostre faccende, pensai, senza degnare più un pensiero a Tårnåsen per il resto delle nostre vite. E se qualcuno un giorno ci avrebbe chiesto se eravamo stati a Tårnåsen, avremmo semplicemente risposto: Tårnåsen? Ci sono stato. Un posto dimenticato da Dio.

Non sono – per quanto è vero iddio – uno scrittore che gode nel fare ricerche. Mi diletto in gran parte con quello che mi capita, sia che lo abbia letto da qualche parte o per esperienza personale nel mondo reale. Se devo cercare luoghi o informazioni per poter scrivere con cognizione di causa su una materia, lo faccio solo se strettamente necessario e senza indossare occhiali scuri e impermeabile. Senza alcuno spirito investigativo.

Era giunto il momento in cui dovevo documentarmi sugli aspetti tecnici della costruzione di casette per gli uccelli. In questo caso specifico dovevo rassegnarmi e dedicarmi alla letteratura specialistica, altrimenti non avrei potuto proseguire il romanzo. Fortunatamente avevo una libreria ben fornita di libri che, per la maggior parte, non avevo mai letto, ma che per un caso meraviglioso mi tornavano utili. Per esempio, avevo ben tre libri sulla costruzione di casette per gli uccelli, comprati a saldo alla Libreria Norli, già dagli anni '80, molto prima che l'idea stessa del romanzo fosse concepita. La vita è piena di notevoli coincidenze.

La domanda era se fosse il caso di leggere tutti e tre i libri oppure scegliere quello che sembrava più affidabile. La risposta arrivò da sola. Due dei tre libri erano solo cianfrusaglie speculative scritte per guadagnar soldi. I consigli e le tecniche erano così prive di fondamento che li esclusi subito. Pessima scelta dei materiali e soluzioni non ecologiche. No, avevo già scelto il mio libro. Nessun dubbio.

Mi infilai sotto le coperte e cominciai a sfogliare il libro. Subito si aprì un nuovo mondo davanti ai miei occhi, sulla scelta dei materiali e degli scopi, sulle specie di volatili e sulla loro grandezza e una quantità di riferimenti alla vita boschiva che mi erano completamente sconosciuti. Molto affascinante, ma per dirla tutta, non capii un'acca. Qual'era la differenza tra un passerotto e un merlo? Dio solo lo sa!

Mi soffermai a riflettere e sbadigliare. Ecco ero arrivato al punto. Era evidente che non ne uscivo. E sarebbe potuto essere molto grave per il mio romanzo. Senza le casette per gli uccelli, non c'era più storia. Troppo evasivo e sognante! Le casette per gli uccelli dovevano tenere il mio progetto ancorato alla realtà e allo stesso tempo mantenere vivo un sogno!

Tirai le coperte fin sopra la testa. Mi sentivo scoraggiato e stanco. Nel corso di pochi giorni avevo perso sia le mie calze preferite che la mia raccolta di dischi degli A-ha, insieme ad una serie di altre cose più o meno preziose per me. Ma avevo fatto realmente qualcosa per riaverle? Per esempio, avevo realmente fatto alcun tentativo di denuncia alla polizia? avevo sfruttato le mie conoscenze per cose che non fossero l'adulazione e la faciloneria nello scambiare opinioni e commenti sulla letteratura moderna? La risposta a queste domande erano piuttosto deprimenti e rimasi sdraiato a lungo, al buio, respirando profondamente.

Ma ecco che tre ragazzi sfacciati uscirono fuori dalle nebbie per tendermi la loro mano. Erano Pål, Morten e Magne.

Non lasciarti imbambolare! – disse Morten.

Tieni duro! – disse Magne.

Va' a Londra! – disse Pål.

Che ragazzi!, pensai entusiasmato. Così forti! Così indipendenti! Che volontà di ferro!! Si sono esposti, hanno mandato al diavolo la Norvegia, le nefandezze, i pettegolezzi, e con le spalle dritte come soldatini di piombo sono andati avanti con moralità ed etica. Non hanno mai abusato di alcool, mai bestemmiato, mai importunato le signore anziane. In poche parole, hanno dato poco spazio alle cose indesiderate.

Scostai le coperte e saltai su dal letto, provavo di nuovo una certa leggerezza, come se mi fossi liberato di un peso e mi trovassi di fronte alla libertà, dove il vento delle montagne soffia forte sui sogni.

Non risposi al telefono quando squillò. Lasciai quel compito alla segreteria telefonica. La stanza risuonò della voce femminile da circostanza di Helle. Mi ricordò della cena con i suoi genitori quella sera stessa. « *Saremo solo noi quattro* ». Non se lo era ancora ficcato nella zucca? Che non avevo la minima intenzione di presentarmi a cena? Semplicemente non sopportavo le donne che collezionavano fidanzati come se fossero peluche.

NOI QUATTRO! che voleva dire? Quattro con me oppure quattro con il nuovo cavaliere? Credeva che fossi un lupo così solitario e affamato che si sentiva in obbligo di accudire, come se preparasse da mangiare ai senzatetto e agli indigenti? non avrei proprio fatto la fine dell'ultima ruota del carro.

Alzai la cornetta e digitai il suo numero. Squillò una volta, due volte. Riagganciai. Non era una questione troppo seria per parlarne al telefono? pensai. Non era il caso di parlarne faccia a faccia, a chiare lettere, e con l'eloquenza dei gesti? e se non lo avrebbe capito con le buone, lo avrebbe fatto con le cattive.

Ma quella sera non avevo un impegno da onorare? Non dovevo andare da Higgins per alcuni chiarimenti alle mie domande sulla costruzione di casette per gli uccelli?

Avrei fatto comunque un salto a casa di Helle per farle una scenata, pensai e aprii l'armadio. Quindici completi scuri erano allineati in perfetto ordine. Nessuno era il mio.

23

Il padre di Helle stava miscelando un cocktail. Aveva il lime, il succo di frutta, la vodka e tutto il necessario, ed era di ottimo umore. Sarebbe stato il nonno di un povero figlio senza padre. Lui e la moglie erano in procinto di partire per la Spagna.

Che ne dici di un cocktail spagnolo prima di mangiare qualcosa, Hobo? – disse.

Sbirciai il tavolo da pranzo. Era apparecchiato proprio per quattro, eh sì. Non me lo immaginavo. Ma il padre del bambino si era fatto vivo? No. Sarebbe stato un duro colpo per la padrona di casa e i suoi genitori. Un duro colpo lo fu anche per me che non avevo calcolato che gli ospiti fossero già arrivati quando mi presentai.

No, grazie. – risposi

No? ma tu puoi bere qualcosa anche se Helle non può – intervenne la madre.

Certo – risposi

Io lo prendo, sicuramente. – disse la madre

Helle arrivò dalla cucina. Il buon odore del Boeuf Bourgignonne la seguì e mi resi conto che non mangiavo da un bel pezzo. Dovevo assolutamente uscire a prendere un panino con le salsicce al chiosco più vicino.

Apriresti gentilmente una bottiglia di vino, Hobo – chiese Helle.

Vino, sì! in quell'ambito ero competente, e poi per il lavoro che dovevo svolgere prima di andarmene, se non per Helle, dovevo almeno dimostrare un minimo di riconoscenza ai suoi genitori. Andai spedito in cucina e nella credenza presi un cavatappi che assomigliava ad uno che avevo comprato per posta quando ero ancora un adolescente. Avvita, avvita, cava, stappa e GLU, GLU, GLU il lavoro era fatto.

Ora bisognava prendere Helle da parte, dire le cose che avevo da dire, prima di sparire per sempre dalla famiglia. Vedere il padre miscelare il cocktail, mi riportò alla mente tutti i brindisi fatti insieme a loro. Con il mio occhio introspettivo, riuscivo a vederli tutti in fila: White Lady, Tom Collins, Cuba Libre… Chi sta pensando che fossi colto da un attimo di sentimentalismo, si sbaglia di grosso! Avevo solo molta fame e sete e tre drink erano già pronti sul vassoio. Inoltre, l'ultimo ospite non era ancora arrivato.

Vuoi favorire? – disse il padre di Helle.

Posso?

Non hai mai detto di no prima – rispose il padre.

Me ne guardo bene dal farlo – dissi – non sono mai stato un tipo da "no, grazie"

Prendi quello che vuoi. Sono tutti molto forti – disse il padre.

La madre e il padre di Helle erano, in fondo, due persone molto piacevoli. Poco invadenti. Parlarono molto del loro prossimo viaggio in Spagna, mentre Helle entrava e usciva dalla cucina. Erano entrambi neo-pensionati e avevano intenzione di andare nella loro casa sulla Costa del Sol per terminare i restauri prima che le piogge autunnali iniziassero.

Il lavoro è come versare benzina sul falò dell'anima, diceva Lorca – dissi.

Hai detto Mallorca? – chiese la madre di Helle

No, ha detto Lorca – intervenne il padre.

Lo conosciamo – chiese la madre.

No, che io sappia – rispose il padre.

Dipende dal fatto che frequentiamo di più i norvegesi – spiegò la madre.

A parte gli operai – precisò il padre.

Questo Lorca, è un operaio? – chiese la madre.

Lorca è il più grande poeta spagnolo! – rispose Helle dalla cucina.

Gli operai spagnoli non sono affatto più bravi di quelli norvegesi, ma sono più economici – disse il padre.

L'alcol dava subito alla testa. È normale. Poi si diramava nel resto del corpo come l'acqua calda di una caldaia accesa in autunno. Una calda atmosfera avvolse il salotto di Helle. No! Ora dovevo proprio andarmene!

Grazie per il drink – dissi e riposi il bicchiere sul vassoio.

Prego. Spero non te la sia presa perché ho usato il tuo miscelatore?

Non me ne ero neanche accorto. Era identico a qualsiasi altro miscelatore per drink, ma a guardarlo bene, ora, c'era qualcosa di familiare.

Adesso vado – dissi ad Helle sulla soglia della cucina.

Puoi pregarli di accomodarsi? – disse Helle.

POTETE ACCOMODARVI ! – urlai.

Helle si voltò e mi porse un piatto.

Servilo a tavola – disse.

La puzza di spazzatura aleggiava sulla porta di ingresso di Higgins. Se fossi stato a Grønmo, mi sarei ben guardato dai gabbiani. La sua tuta era appesa fuori su una stampella, e quando finalmente aprì, era in mutande. E non in comodi boxer, ma quei modelli aderenti, stile anni '70 all'italiana.

Disturbo?

Næhh!

Higgins infilò una mano nelle mutande per sistemarsi il pacco. Si piegò sulle ginocchia per aggiustarlo meglio e tirando fuori la mano, badò bene a tirarsi le mutande ben sotto il suo voluminoso ventre.

Ho bisogno di aiuto per costruire una casetta per uccelli – dissi.

Allora sei capitato dall'uomo giusto – rispose Higgins entrando nell'atelier - Le casette più semplici misurano dai 12 ai 15 centimetri di legno grezzo.

Utilizza lo stesso legno per le pareti, il piano e il tetto – spiegò Higgins.

Per un quarto d'ora, Higgins scorazzò senza posa per l'atelier; ogni volta che gli veniva in mente qualcosa di utile da suggerirmi, lo urlava nella stanza rivolgendosi a me.

Che razza di uccelli deve abitare nelle casette? – chiese Higgins

È indifferente – risposi

C'è una grossa differenza tra un passerotto e un merlo – disse Higgins.

Ah sì?

Non hai il senso della misura, tu? – concluse Higgins.

Mentre Higgins segava, mi misi seduto su una scatola di cartone a digerire la cena di Helle. Non avevo mai mangiato e riso così tanto! E sentivo di essere

stato complice del divertimento degli altri tre, di Helle e dei suoi genitori. Per prima cosa dovevo rendere onore al cibo. Parte del mio lavoro era anche quello di nascondere il fatto che occupavo il posto che spettava al nuovo fidanzato di Helle. Il misterioso Mister X che non aveva ritenuto opportuno presentarsi. Una situazione assolutamente assurda, pensai. Quando il padre di Helle all'improvviso richiese l'attenzione tintinnando sul bicchiere, alzandosi per declamare il suo discorso, fu il momento più divertente. Parlò calorosamente della famiglia, del matrimonio e dell'amore. Risi tanto da dovermi reggere per non cadere dalla sedia.
Per gli alunni delle scuole elementari è un vantaggio che i pezzi siano già tagliati. Hai bisogno che ti tagli e ti prepari i pezzi? – chiese Higgins.
Sì grazie – risposi.
E poi ci mettemmo all'opera. Higgins mi istruiva ed io cercavo di eseguire al meglio. Bene, uno o due chiodi si ruppero e almeno una volta mi schiacciai il pollice al posto dei chiodi, ma ero così esaltato e infervorato che non badai a questi piccoli incidenti.
E' divertente – dissi.
Certo che lo è!
Hai mai costruito delle casette per uccelli, Higgins ?
Mai – rispose – però dovremmo mettere la pece e rivestire il tetto con un cartone, e poi il tetto deve potersi aprire per controllare la casetta soprattutto durante il periodo di cova.

Tornato nel mio appartamento, misi la casetta sulla scrivania per tenerla in vista. Era solida e carina, con un foro della grandezza di un pollice. Ora ne sapevo di più sulle casette per uccelli e sulla loro vita, constatai. Ora, potevo riprendere a scrivere.
Sulla strada del ritorno da Higgins, avevo deciso che "La Legge del costruttore di casette per uccelli" doveva essere la prefazione, la porta di ingresso, del romanzo. Giunto a casa, misi su il CD *Headlines and Deadlines* e aspettai il falsetto di Morten Harket. In quell'istante misi la penna su carta per scrivere:

La legge del costruttore di casette per uccelli:
Non appendere più casette di quelle che riesci a costruire
Fissa bene le casette affinché non cadano
Non disturbare gli uccellini durante i pasti
Non mangiare le uova, né i pulcini
Pulire la casette dopo l'uso.

Avrei dovuto forse mettere un ringraziamento o una dedica all'inizio del libro? Ci voleva. Fino a qualche tempo fa avrei scritto A HELLE. Andava da sé che non era più il caso, ora. La gente avrebbe cominciato a parlare se sul libro c'era la dedica A HELLE mentre lei partoriva il figlio di un altro uomo. Non volevo minimamente contribuire a creare più confusione di quanto fosse necessario. Le chiacchiere volavano in quella città, e non mi interessava affatto dare spiegazioni ai giornalisti curiosi durante la presentazione del mio libro. Come avrei potuto guadagnarmi la credibilità con una dedica A HELLE? Che fosse mio figlio era escluso, bisognava dirlo a chiare lettere. Forse Helle era una donna che provava attrazione verso molti uomini e dei tipi completamente diversi tra loro? prima di me aveva avuto molti fidanzati, anche questo dovevo dire. Uno di loro era incredibilmente alto, me lo ricordavo per averlo visto in foto in uno dei suoi album. Era alto, ma non scuro di capelli e inoltre collezionava tovaglioli di carta. Ne aveva diverse migliaia. Fu uno dei motivi per cui la relazione finì. Lui era più interessato ai tovaglioli che a lei.

Dovevo ammettere che l'argomento "bambini" era stato affrontato in un paio di occasioni durante la mia problematica storia con Helle. Ma sarei stato interessato ad approfondire l'argomento? certo, avevo sentito il richiamo dell'orologio biologico. Sentivo il suo ticchettio ogni volta che andavo a letto con lei la sera. Ticchettava ogni volta che andavamo a fare una gita al parco e quando si lavavano i piatti insieme dopo una spaghettata. Lo intuivo nei suoi sguardi rivolti ai carrozzini, nel suo esagerato interesse per il reparto dei bambini nei magazzini Hennes & Mauritz. Ma io tenevo la bocca chiusa e guardavo da un'altra parte.

Avere dei figli era una cosa che oggigiorno un genio non poteva concedersi, pensai. Basti immaginare tutto quello che serve per un bambino! Tutto quel via vai, andarlo a prendere, portarlo, e le liti e i SUOCERI che telefonavano per assillarci con quelle domande stupide del tipo, *il piccolo ha le scarpe di gomma giuste*. Tutto questo sarebbe accaduto, probabilmente, nel momento peggiore, quando la creatività era al suo apice e forse sul punto di realizzare qualcosa di significativo per l'umanità.

No, non c'era posto per i figli nella mia vita. Non c'era neanche di che discutere. Inoltre, sarebbe stato moralmente esecrabile mettere al mondo un figlio in cui non si era sicuri di poter trovare un posto adeguato negli asili. Ero un sostenitore delle pari opportunità per i padri e per le madri e non invidiavo affatto i bambini che si attaccavano a turno alle gonne di mamma e papà per tutto il giorno. A dir la verità, avevo una certa propensione al ché le donne si prendessero tutto l'onere.

Non deve essere per niente facile sposarsi con un uomo pieno di talento, pensai. Come doveva essere stato vivere a fianco a un gigante come Lev Tolstoj, per esempio? probabilmente, un incubo. La fortuna della signora Tolstoj era di essere una personalità complessa, dotata e molto dinamica. E fu così che Tolstoj – contrariamente ad altri uomini – le rimase molto fedele. Ma con quell'appetito sessuale da coniglio che si ritrovava, diciamo che sul fronte casalingo, Tolstoj pretendeva il suo.

Ben tredici volte partorì la signora Tolstoj. E non appena partoriva, ecco che la ingravidava nuovamente. Non riusciva a tenersi occupato diversamente, magari avrebbe potuto allungare di qualche capitolo *Anna Karenina*? Le cose non sarebbero migliorate quando, con gli anni, sia lui che la moglie dovettero farsi una ragione di vivere astenendosi dai piaceri sessuali. Ci riusciva? ne dubito. Anzi ci dava ancor più dentro e se non fosse per la natura, ne sarebbero nati cento e uno!

24

Riconobbi una figura mentre passavo per Venstre Gravlund. Un uomo vestito di nero stava tra gli alberi a suonare il sassofono. La gente stava andando in cappella e dalla ciminiera del forno crematorio si alzava un fumo denso e acre. Svoltai a Sørkedalsveien e parcheggiai la bicicletta.

Haagen mi sembrava stanco. Il suo vestito era aggrinzito e il collo della camicia di traverso.

Ho dimenticato quello che dovevo suonare – disse Haagen.

"Öppna landskap"? – suggerii.

No

"Lys og varme"?[25]

Forse – disse Haagen – o forse era "Kaptein Sorte Bill"[26] ?

Non ero in grado di aiutarlo. In quel settore se la doveva cavare da solo. Come tutti, dopotutto, quando si trattava di arrivare al dunque. Ma potevo pur sempre dargli una pacca sulla spalla? costava così poco.

Per il resto come va?   chiesi

Voglio avere la chiave – rispose

Chi non la vorrebbe – dissi

Ho pensato alla nostra gita – disse.

Il giro in autobus?

Mi sta tormentando – disse Haagen

Come può tormentarti Tårnåsen? – esclamai

Non è accaduto nulla, lì – disse

Dunque Haagen si lasciava tormentare da un giro a Tårnåsen? Mio Dio, pensai. Avrebbe potuto scegliere qualsiasi cosa in quanto a problemi, dalle emorroidi al congelamento dei tasti del sassofono e invece, lui, aveva scelto Tårnåsen!

Il becchino fece un cenno dal crematorio

"Öppna landskap" – proposi.

Haagen, all'improvviso, mi afferrò per il bavero della giacca e mi scosse.

E' ora che tu mi dia la chiave! – disse.

***

Nessuno venne ad aprire quando suonai a casa della Signora Høilund. Non riuscii a vederla sbirciando attraverso i vetri della porta di ingresso, ma in cucina erano già pronte le cinque bottiglie di vino rosso. Mi chinai per cercare di leggere la marca. Fortunatamente si trattava di una schifezza economica che proveniva dall'Ucraina meridionale, per esperienza sapevo che i tappi se ne venivano facilmente.

---

[25] Brano del 1984, del cantautore norvegese Åge Aleksandersen. [n.d.t.]

[26] Filastrocca dello scrittore di libri per l'infanzia Thorbjörn Egner (1912-1990) [n.d.t.]

La Signora Høilund giaceva stesa per terra nella stanza. La intravidi attraverso la finestra del salone, tra due vasi di cactus. Che stava facendo stesa per terra? Stava trattenendo il fiato con la speranza di entrare per sempre nel libro del Guinness dei primati? non lo sapevo. La donne anziane e le macchine erano cose di cui non capivo un granché.

Mi misi seduto ad aspettare sulle scale. Avevo un bella vista sulla collina e cominciai a sbirciare in cerca di Pål e Lauren. Ma tutto quello che riuscivo a vedere era alcuni passerotti o scriccioli saltellare qua e là. Pål e Lauren erano sicuramente tornati a New York. Erano tornati nella metropoli dove "Öppna landskap" e i grattacieli erano due facce della stessa medaglia.

Dopo aver pedalato per alcuni minuti, giunsi a Vinderen, un piccolo centro con qualche negozio, un'area di servizio e la fermata della metropolitana. Il supermercato ICA si distingueva tra gli altri, così come R.O.O.M. un mobilificio alla moda nel quale entrai con la speranza di trovare un divano nuovo.

Devo ammettere che alcuni mobili non erano affatto brutti, ma i prezzi erano mille volte più alti di quelli di Ikea. A ben pensarci, il divano non era il peggior amico del genio, dopo i bambini? sul divano i pensieri diventavano vaghi e il sedere grosso.

Ha bisogno di aiuto? – mi chiese una donna con il sonoro accento svedese.

Di un bicchiere d'acqua, grazie – risposi

Si sente male?

No, ma mi sono appena costruito un tavolo a casa – risposi.

Spiegai alla commessa delle mie composizioni e del tavolo che era costruito sulle fondamenta della poesia di prima classe.

Di solito leggo i thriller e le detective stories – disse la donna

Romanzi criminali?

Osservai meglio la donna. Aveva i tipici capelli biondi degli svedesi che erano probabilmente il risultato di numerose tinture e altri schiarenti chimici. C'entra in qualche modo l'inquinamento nei dintorni di Stoccolma e di altre località nel paese degli abeti, pensai chinandomi per cercare di vedere quale fosse il vero colore alla radice. Erano chiari come i capelli degli angeli, ecco dunque una donna che teneva alla propria immagine.

Di quel genere di letteratura preferisco di gran lunga il mio stesso libro "*La lettera*", che è stato persino denunciato alla polizia – dissi.

Allora, lei è uno scrittore?

Sì.

Adesso fu lei a osservarmi meglio e mi piacque il suo modo di guardarmi, con un certo interesse e poi mi sembrò che si raddrizzò sulla schiena, si sistemò e tirò il petto in fuori. Ci siamo! Evidentemente, non era molto stimolante gironzolare tutto il giorno tra questi mobili senza vita, ma appena un vero scrittore entrava, ecco che tornava la vita nel locale! stavo per sfiorarle il seno, ma poi mi accorsi di avere la gola secca. Feci cenno alla ragazza che la conversazione era finita e mi allontanai tossendo in direzione della caffetteria.

Un bicchiere d'acqua, per favore – dissi

Solo? – chiese la ragazza dietro il bancone.

Sì, solo…e anche un cappuccino, grazie.

Semplice o doppio? – chiese la ragazza

Questa escursione cominciava a costare cara, pensai dopo aver pagato, e mi andai a sedere ad un tavolo. Non mi potevo permettere di andare in giro per i quartieri benestanti a ovest della città. Dovevo, ad ogni modo, lavorare di più da Herman. Intanto, mi guardavo intorno mentre giravo il cappuccino.

Questo era chiaramente il luogo di incontro delle mamme e delle belle donne. C'erano molti carrozzini parcheggiati fuori e le conversazioni fluivano vivaci tra una tazza di caffè e l'altra. Al tavolo vicino al mio vi era seduto persino un uomo con il carrozzino. Nonostante ci fosse un cartello sul bancone che raccomandava di non entrare con i carrozzini, quel padre apprensivo era riuscito spudoratamente ad entrare con il suo. Era seduto a scrivere la lista della spesa su un grosso diario.

Vi preghiamo di non allattare nel reparto mobili per rispetto dei clienti che svolgono i loro acquisti, era scritto su un cartello.

Nessun rischio, pensai guardando con la coda dell'occhio il mio vicino di tavolo. Letteralmente quell'avviso non riguardava quel tipo, ma ero assolutamente sicuro degli uomini che prendevano il congedo per paternità, mentre le mogli infedeli se la spassavano con i colleghi in ufficio.

Il piccolo cominciò a piangere. L'uomo si girò e prese il piccolo in braccio. Il bimbo smise di piangere, lasciandosi cullare tra le braccia del papà. Era un atto di estrema intimità nel bel mezzo di un locale pubblico! l'uomo riprese intento la scrittura della sua lista per la spesa, mentre il bimbo trovò divertente rigurgitare sul suo maglione. Avevo già visto quel tipo da qualche parte? se avesse avuto la barba, poteva assomigliare a uno dei colleghi di Helle.

O forse era l'uomo che avevo visto in fondo alla strada, la settimana prima? l'uomo che era arrivato in cima alle classifiche americane con il brano *"Take on me"*? il cuore mi sobbalzò in gola. Era il signor Waaktaar in persona! questa volta in versione maglione e baby! Era dunque seduto in quell'opaco pomeriggio e lavorava sui testi dell'album del come back, pensai.

Veramente incredibile. Padre e pop star allo stesso tempo. Riusciva a fare entrambe le cose. Io che avevo problemi persino nel passare l'aspirapolvere e pagare i conti. Io che mi stancavo a dormire e mi facevo venire le piaghe al sedere per tutto il tempo che impiegavo a far la colazione. Eccolo lui, invece, imperterrito a scrivere un nuovo "hit" con il piccolo Augie in braccio. Ecco dinanzi ai miei occhi l'estrema sintesi della vita quotidiana e della grandezza riuniti in una persona.

Fissavo la sua mano che scriveva. Era impossibile decifrare la scrittura dalla mia postazione, ma constatai che la sua scrittura fluiva facilmente, come se scrivesse le frasi così come gli venivano in mente. Se da lontano poteva sembrare così facile, certamente non era facile per lui scrivere della sua miseria, pensai. E mi colpì la contraddizione tra la leggerezza della musica di Waaktaar e il contenuto dei suoi testi. Ciò che nei testi si avvicinava allo stato depressivo del suicidio, diventava una nenia con l'aggiunta della musica. Questa era una delle cose geniali di Waaktaar, pensai. Ed era per questo che lo rispettavo profondamente. Su tutte le nostre debolezze umane, ci mettiamo a cantare un'allegra melodia. Quante volte nella vita avevo cercato di ingannare ed evitare la depressione lasciandomi all'improvviso cogliere da qualcosa di assolutamente banale e stupido? come la musica pop o le barzellette? come gli stupidi quiz televisivi che avevano per protagonisti le celebrità ormai dimenticate.

Dopo una decina di minuti, Waaktaar ripose il figlio nel carrozzino e si alzò. Era chiaramente ora di andare. Bisognava tornare nello studio di casa per registrare un demo del nuovo brano. E il bambino? Si sarebbe addormentato oppure avrebbe cominciato a suonare il basso in base al ben noto sistema dei musicisti Dissimilis: ogni accordo un colore diverso per imparare più facilmente a suonare o comporre la musica che ti veniva dal cielo.

Aspettai qualche minuto prima di alzarmi e seguire Waaktaar. Doveva essere in ritardo, perché si allontanò come un fulmine. Sorrisi. In questo mi riconoscevo: quando bisognava creare, occorreva farlo subito! Altrimenti non serviva. L'impulso creativo che provava un artista, poteva a volte essere molto impellente, constatai. C'erano delle cose che semplicemente DOVEVANO fuoriuscire. Se rimanevano troppo a lungo intrappolate o inespresse, tutto rischiava di andare a rotoli. Ne avevamo avuti numerosi di esempi nella storia: alcuni abusavano di alcool o di droghe, altri picchiavano le mogli e semplicemente si tagliavano una parte del proprio corpo per spedirla via posta ad una povera anima ignara.

Pedalai in giro guardandomi intorno. Nessun Waaktaar in vista. Solo giovani donne in giro per compere nel quartiere delle belle ville. Sui sedili posteriori delle autovetture, i seggiolini erano vuoti. I piccoli si trovavano forse nell'asilo nido Tommy Murstad, più su in cima alla collina, e si intrattenevano in conversazioni tra simili. Qui non c'era da stare attenti ad attraversare la strada come era ai tempi in cui siamo cresciuti noi. Qui c'era sicuramente abbastanza sabbia per attutire le cadute e giocattoli sicuri, i caschi protettivi e le ginocchiere e i paraspigoli su tutti i giochi esterni.

Svoltai per tornare al supermercato ICA all'angolo ed entrai nel negozio a passi rapidi. Avevo deciso di comprare una busta di panini dolci da mangiare in bici mentre tornavo in città. Sì, panini e nei panini ci doveva essere l'uvetta.

Il supermercato era notevolmente diverso dal mio negozietto di fiducia, l'Angolo di Herman, che era il luogo dove mi rifornivo principalmente e temporaneamente anche il mio luogo di lavoro. Quel supermercato era molto più grande e spazioso e abbastanza impersonale.

Fortunatamente riuscii ad accaparrarmi l'ultimo pacco di pandolci con l'uvetta prima che ci riuscisse un'energica signora. Strinsi forte il mio pacco di pandolci e andai alla cassa. Strada facendo mi persi nel reparto dei pannolini. Era un mondo in parte sconosciuto. C'erano diverse marche e grandezze e tutto sembrava incomprensibile e arcano per uno senza esperienza.

Un carrozzino bloccava la strada verso la cassa. Provai un senso di claustrofobia e cercai di svicolarmi. Diedi un'occhiata al carrozzino. Ma non era Augie che mi guardava con i suoi occhi grandi? Certo, uno come me lo aveva appena visto. Uno zietto basso e con i riccioli? Augie non sembrava

minimamente spaventato, anzi mi sorrise ed io alzai la mano per salutarlo. Pål era accovacciato poco più avanti rovistando tra i pacchi di pannolini.
Per un attimo pensai che dovevo andare a dirgli quanta forza e ispirazione la sua musica davano al mio lavoro. Non avrei dovuto mostrare, in qualche modo, la mia riconoscenza?

25

Poesia express era parcheggiato fuori dal negozio di Herman quando tornai. Higgins ed Herman stavano trasportando le scatole di cartone compresse nel furgone e quando le lasciavano cadere, risuonavano con frastuono in tutto l'abitacolo.

Cosa state facendo? – domandai

Ci riforniamo – rispose Higgins

Di carta? – dissi

Ho provato il compressore di Herman – disse Higgins

Oh congratulazioni!

Prendere in prestito il compressore di Herman era un sogno che Higgins covava da tempo. Ora il sogno si era realizzato ed io non potevo che congratularmi.

Vidi che nella vettura c'era anche "Sempre peggio" e sugli sportelli erano appese le locandine dello spettacolo al Fire Høns. Le locandine riportavano un disegno colorato a mano di "Sempre peggio" circondato da sassofoni e libri.

Higgins mi spiegò entusiasta che le balle di cartone dovevano servire da sedie nel backstage sul retro dell'abitacolo, e da consolle per la galleria ambulante.

Ora mancava solo di completare il piccolo palco che doveva essere montato su un montacarichi e poi *Poesia Express* era pronta per partire.

Lo allestiremo a Tynset o allo Stadio Tryvann – disse Higgins soddisfatto.

Io ero impressionato. Non riuscivo a dire altro. Sebbene fossi distante dal progetto, mi complimentai con Higgins e sorrisi.

Herman, invece, per un qualche motivo non era così gentile come Higgins. Forse Higgins gli aveva rovinato il compressore e quindi l'umore era sprofondato nel corso della giornata.

E' successo qualcosa? – domandai.

Sei stato fuori per quattro ore – rispose Herman.

Io?! che avevo appena dato un'occhiata in giro nel quartiere delle ville a ovest della città? Avevo bevuto solo un caffè e fatto un giro nei negozi. Il tempo volava così in fretta!

Credevo fossi morto – disse Herman

Morto?

A dir la verità non ci avevo pensato molto alla morte. Anche se un giorno, forse, ne avrei fatto esperienza, era troppo presto per mettere tutto da parte e concentrarsi a pensare alla morte.

Dove sei stato? – incalzò Herman

Lo sai bene – risposi – Sono stato dalla tua vecchia zia per portarle i cavoli e l'acqua tonica.

Mai nessuno è rimasto da zia Hulda più del necessario – disse Herman.

Che ne sapeva lui che cosa fosse necessario?, pensai. Non mi piaceva il suo tono di voce. Credeva di avere diritto di sapere tutto su di me solo perché gli vendevo un po' della mia forza lavoro in esubero? Era solo un freddo scambio e della peggior specie. E comunque non avevo intenzione di raccontargli dei miei incontri privati con Pål Waaktaar o altre celebrità che appartenevano alla mia sfera privata. Tra l'altro non c'era molto da raccontare. L'uccello era scappato ancor prima che riuscissi ad afferrarlo.

Ma Herman era solo preoccupato per sua zia Hulda. Il motivo della sua preoccupazione era che la zia non rispondeva al telefono.

Che aspetto aveva quando sei entrato? – chiese Herman.

Bah, un po' passivo, forse – risposi

Che vuoi dire?

Dimentica il passivo, imbronciata è la parola giusta

Di solito è contenta quando qualcuno apre le sue bottiglie di vino

Era quello che pensavo anch'io – dissi – ma non mi ha voluto aprire la porta quando ho suonato

Ah sì?!

E quando ho sbirciato dalla finestra, ho visto che era stesa sul pavimento – continuai – sembrava che stesse giocando a nascondino. Voleva che credessi che non fosse in casa. Ho lasciato la spesa sulle scale e me ne sono andato.

Herman aggrottò la fronte preoccupato. Poi mi disse che la zia Hulda rispondeva sempre al telefono anche quando aveva altri problemi.

A volte ha la luna di traverso e si intestardisce– ammise Herman

Un atteggiamento molto infantile – dissi.

Un anno non mi fece neanche il regalo di Natale – disse Herman

Oh che vergogna!

Rimanemmo seduti tutta la vigilia a guardarci senza dire una parola – continuò Herman.

E tu la chiami ancora zia?

In fondo, in fondo è buona – disse Herman.

Tornando a casa, incontrai Helle. Stava guardando le vetrine dell'immobiliare Hult & Hansen. Se non mi avesse visto, me la sarei svignata. Colui che vuole farsi strada nel mondo non ha tempo per vuote chiacchiere ad ogni angolo della medesima.

Che ne dici di un caffè al Fire Høns? – propose Helle.

Aveva l'ora libera e non aveva altro da fare che trastullarsi con un caffè.

Credo proprio sia una pessima abitudine quella che avete voi norvegesi di bere caffè ad ogni ora della giornata – dissi

Voi norvegesi?

Sì.

Tu sei tanto norvegese quanto me – disse Helle

Io sono cittadino del mondo – dissi

Mi pentii subito di essermi seduto al bancone del Fire Høns. Beh, avevo deciso che – per pura curiosità – volevo vedere fin dove arrivava a tirarla per le lunghe con quel gioco. E inoltre ero pronto a dirgliene quattro con l'indice puntato e la voce dura. C'era un qualcosa di nauseante nel sedersi ad ascoltare la solita zolfa sull'amicizia eterna basata su sentimenti platonici. Mi ripugnava.

Non andavo al Fire Høns da quell'episodio con Hagbart e mentre Helle andò ad ordinare i caffè a Hjort, scorsi il pavimento con lo sguardo a caccia delle tracce di sangue rimaste. Niente, forse una piccola macchia di sangue dal naso grande come un cinque centesimi sulla gamba di un tavolo. Mi sentii quasi imbrogliato.

Hjort mi salutò dal bancone. Se credeva di sfruttare questa occasione per rifilarmi di nuovo la birra dalla Monrovia, si sbagliava. Quella birra ti rimaneva sullo stomaco.

Helle tornò al tavolo con due cappuccini tripli. Si sedette con estrema cautela e provai una punta di cattiva coscienza per non essere stato più gentile: avevo lasciato fare a lei l'ordinazione. Dopotutto era una donna incinta, a prescindere di chi fosse il bambino.

No, diamine!, dissi a me stesso. Ero un artista creativo che aveva bisogno della sua tranquillità. Non avevo forse sacrificato ore di lavoro alla mia scrivania, sì, esattamente, non mi ero forse DISTRATTO dai miei studi sull'arte di costruire casette per gli uccelli, dal mio GRANDE ROMANZO per ascoltare ciò che questa mia ex amica voleva dirmi?

Devo bere tutta questa tazza? Così salto il pranzo – dissi

I soldi risparmiati sono soldi guadagnati – sentenziò Helle.

Bene, era di umore allegro e divertito!, come se ci fosse qualcosa di spiritoso in tutta questa situazione! Per esempio, aveva mai pensato ai rischi di partorire alla sua età? per esempio, il bambino poteva nascere con il labbro leporino. Non c'era da scherzare. E non c'era proprio da fare come Inger in *"Per i verdi sentieri"* che abbandonò il figlio nel bosco perché non era esattamente come se lo aspettava. Prima o poi la punizione arriva, come ci aveva dimostrato il buon Hamsun in un modo così convincente.

Mi venne in mente il caso Hubbing. Sui giornali non c'era alcun riferimento al fatto se il bambino avesse il labbro leporino. Un bimbo era stato ritrovato tra le foglie. Chi aveva messo il corpo morto del bimbo lì?

Sorseggiai il mio caffè. Dovevo fare presto se speravo di finire prima che Hjort spegnesse le luci.

Non mi ami più? – disse Helle

« NON MI AMI PIU'? » Ahhahh Ha! Roba da far girare la testa. La guardai da sopra la tazzina. Ma a che gioco stava giocando? c'era chiaramente dal guardarsi alle spalle e sapersi giocare bene le carte, altrimenti si restava con il sedere per terra.

Ha importanza? - dissi

Tu che ne pensi – disse Helle accarezzandosi il pancione.

Ero sempre stato terribilmente cinico con le donne, ma questo era il colmo. Non stava forse cercando di procurarsi una riserva nel caso in cui gli altri potenziali padri se la fossero svignata? Come se fossi io il padre di quel piccolo seme che cresceva in lei? Proprio io che neanche ricordavo l'ultima volta che eravamo stati a letto insieme. Se mai avessimo avuto un rapporto sessuale nel corso degli ultimi cinque-sei anni.

Sono stato licenziato – dissi.

Lo so – rispose Helle

Ah!

Me lo hanno detto quando ho chiamato la redazione del giornale – spiegò Helle.

Lo avevano fatto, dunque, quei maledetti pettegoli! Non era una sorpresa che dei pettegoli raccontassero storie, ma potevano tenerlo per sé invece di andare in giro a raccontare i particolari personali agli sconosciuti.

E la cucina è carina? – dissi

Vero, eh? – Helle mi sembrò risollevata

Non lo chiedere a me – dissi.

Helle mi guardò un po' sconfortata e diede un sorso al suo caffè. Mi pentii del mio tono di voce.

Come stai? – le chiesi con voce comprensiva come se stessi parlando con un bambino che è caduto e si è sbucciato le ginocchia e non ha i cerotti.

Helle scosse il capo e si alzò.

Devo tornare a scuola – disse.

26

Cosa è successo? – mi chiese Hjort

Era venuto per pulire il tavolo e catturare l'ultimo pettegolezzo caldo, caldo.

Non ne ho la più pallida idea – risposi.

A volte capire le donne è assolutamente impossibile – disse

Eh già!

Facciamo del nostro meglio, ma è sufficiente? – continuò Hjort

No – risposi

No – confermò Hjort.

Era proprio bello sentirsi compresi per una volta. Era così bello che mi alzai per andare a ordinare una birra della Monrovia e dimostrare la mia riconoscenza. Hjort la servì nel modo tradizionale: con la cannuccia e i bruscolini. E per mettere la ciliegina sulla torta, mise un brano degli A-ha fatto apposta per l'occasione: « Touchy ».

Oh I'm TOUCHY, TOUCHY I am!, brontolava Hjort dalla cucina, poi si affacciò dalla porta e mi fece l'occhiolino.

Buona la birra?

I bruscolini sono migliori, però – dissi.

Rimasi seduto per i fatti miei a succhiare dalla cannuccia, ascoltando la musica. Touchy?, di nuovo questa storia del contatto nelle canzoni degli A-ha! Ma in questo caso era tutto ribaltato. Qui il cantautore invitava a lasciarlo stare e si dimostrava non essere una cosa facile. Era diventato sensibile e irascibile. Ascoltavamo la sofferenza nell'essere toccati. Mah!, il contatto può significare tante cose, pensai, e non raramente fa male, graffia, eh sì, può provocare laceranti ferite il divincolarsi dalle persone o anche la loro estrema vicinanza.

Faceva male pensare ad Helle. Forse l'avevo giudicata troppo severamente. Si era realmente messa nei guai, povera. Da sola con un figlio e un futuro incerto. Probabilmente non si sarebbe mai saputo chi fosse il padre. Incerta e alla ricerca di serenità aveva scambiato il sesso per amore, aveva sostituito un fugace amplesso con quello che era il calore vero e la sicurezza.

Avrei potuto essere un po' più comprensivo. Anche se avevo la ragione dalla mia parte, non dovevo per forza dare sempre contro a tutti. Sicuramente non contro le donne in necessità.

Un'altra birra? – disse Hjort. Era uscito di nuovo per portar via le bottiglie vuote e cercare di strizzare l'ultima goccia da un limone.

No, grazie – risposi e lo salutai. La mia riconoscenza non durava in eterno e inoltre avevo cose più importanti da fare. Dovevo, per l'esattezza, dare a Helle i cerotti per la sua ferita, sì, assolutamente sì, dovevo mettere da parte i miei principi e scendere a un compromesso.

Rimasi fermo sul marciapiede a riflettere. Cosa dovevo fare? comprare dei fiori? Avevo sentito dire che questo serviva a sciogliere le donne. Soprattutto le rose rosse. Le facevano arrossire e intimidire in modo adorabile. Ma le rose potevano lanciare un segnale che era decisamente lontano dalle mie intenzioni, le quali altro non erano che dimostrare a Helle il mio rispetto. Avevo letto che

il tipo, il numero e il colore dei fiori avevano un significato ben preciso e l'ultima cosa che volevo era impelagarmi in una sporca faccenda amorosa.
No, optai per qualcosa di più utile, e presi la direzione della libreria. Helle poteva aver bisogno di qualcosa che la aiutasse ad affrontare la gravidanza e cosa c'era di meglio delle parole?

Prego? – chiese la commessa sollevando lo sguardo dal libro che aveva nascosto dietro il bancone. Non riuscii a vedere cosa stesse leggendo, ma a giudicare dalla grandezza poteva trattarsi de *"Le zone erogene nel Medioevo"* di Hubert Humpelfinger, un libro che mi perseguitava.
Un dizionario, grazie.
Si allontanò ed io rimasi a chiedermi se fosse possibile vivere senza compromessi. Le grandi personalità non sono affatto note per essere scese a compromessi a destra e a manca. Anzi, solitamente è questione di "con me o contro di me". O nero o bianco. Ma ci sono sempre le eccezioni, e un esempio incredibilmente buono era ciò che gli A-ha avevano attraversato durante la produzione del brano *"The Blue Sky"* nell'album *"Hunting High and Low"*. Nel brano Pål Waaktaar descrive usando la prima persona personale (indovinate chi?) un giovane seduto in una caffetteria un po' scoraggiato (grosso modo questo è il mondo di Waaktaar). Giovane e confuso si trova dinanzi alla grande, misteriosa, difficile vita e si rimane particolarmente colpiti da una frase: « *I'm dying to be different in a coffee shop* ».
Il desiderio di essere diversi? Il desiderio di distaccarsi da sé? Essere un'altra persona? Potrebbe trattarsi del desiderio di attirare l'attenzione di una ragazza? Oppure si parla del desiderio di uscire fuori dalla massa? Il desiderio di essere notati? Dagli Altri? Da lei? Da lui? Dal padre? Dalla madre? Quasi *se la fa' sotto* dalla voglia di essere notato. In una caffetteria. Essere diversi. Distaccarsi per essere notato dagli Altri.
Mi sembrava curioso pensare che proprio quella frase era stata cambiata durante l'incisione a Londra. Morten originariamente cantava: « *I'm dying for a sigarette in a coffee shop* ». Questo avrebbe portato l'io-narrante VERSO gli altri intorno a lui nel tentativo di scroccare una sigaretta da qualcuno dei vicini (una cosa che forse non avrebbe osato fare per eccessiva timidezza o insicurezza giovanile). Il produttore desiderò cancellare la sigaretta. Un maledetto coglione che si cagava sotto dalla paura di calpestare i piedi a qualche militante americano anti-fumo. E fu così che la parola *"different"* ne prese il posto, portando la canzone verso l'estrema dimensione dell'isolamento.
L'io narrante in realtà desidera essere visto e in questo modo si relaziona con l'esterno, ma vuole essere diverso da ciò che è, forse, oppure considerato per quello che è, oppure semplicemente amato, pensai e mi vennero i brividi.
La ragazza tornò con tre volumi. Erano le edizioni del 1918 e del 1920 insieme ad un'edizione più recente con un rivestimento protettivo sulla copertina e molte pagine bianche in fondo per poter scrivere gli appunti. Helle avrebbe potuto annotare le parole nuove per lei, pensai lanciando uno sguardo di traverso alla commessa. Non mi fidavo di quella donna. Aveva l'aria di voler

tenere tutto per sé. Diedi una rapida occhiata alla lettera X e constatai che sia Xantopsia (disturbo visivo provocato da effetti di sostanze tossiche e consistente nella visione gialla di oggetti bianchi) e Xilene (idrocarburo aromatico presente nel catrame del carbon fossile usato come solvente e antidetonante) erano al loro posto. Sapevo riconoscere il cane dal pelo.

Questo mi sembra buono – dissi.

Le faccio un pacchetto? – chiese

Aspetti. Avete un'edizione portatile? – chiesi, ma la commessa mi guardò interrogativa. – Bisogna pensare che libri come questi possono essere utilizzati anche dalle donne incinta. Come crede che sia possibile andare in giro con un mattone simile quando si è in stato interessante?

A questo la donna non aveva mai pensato, proprio no. Scosse la testa dispiaciuta:

Questa è l'unica edizione che abbiamo – disse

E va bene, me lo impacchetti.

27

Helle stava parlando con quel giovanotto fuori dalla classe in fondo al corridoio. Provai di nuovo quella dolorosa sensazione allo stomaco, come se avessi mangiato qualcosa di avariato. I due parlavano fitto, fitto e prima di separarsi Helle allungò una mano per toccare il braccio del giovane. Poi scomparve nell'aula per divulgare le sue deviate nozioni sulla vita e la poesia di Olaf Bull a persone che erano ancora innocenti. Quel contatto mi fece rivoltare la stomaco. Avevo sentito parlare della forza di attrazione esercitata dalle donne incinta sugli uomini. Ciò di cui ero stato appena testimone era tuttavia perverso. Sulla strada di abbandonare il neonato nel bosco. Non mi avrebbe affatto sorpreso sapere che il ragazzino fosse il vero padre del bambino. E allo stesso tempo era solo uno tra i tanti in uno sciame di mosche che volano intorno alla carta moschicida e che presto avrebbe perso il suo effetto quando la conseguenza dell'attrazione si sarebbe rivelata troppo seria. A quel punto Helle avrebbe capito che gli uomini, vecchi o giovani che siano, erano più indaffarati a fare altro che non badare a lei. E allora, sarebbe rimasta sola.
Il ragazzo mi stava venendo incontro dal corridoio.
Cerchi Helle? – disse
Come?
Ha l'ora di inglese – disse il ragazzo fermandosi sorridente davanti a me – Ciao Hobo!
Ciao, ciao – risposi.
Meglio fare buon viso a cattivo gioco. Se dovevo picchiarlo, bisognava farlo subito. Ma dovevo portarlo fuori, magari fino al laghetto del Parco Reale. Lì avrei potuto picchiarlo a sangue con il dizionario e buttarlo in acqua subito dopo. Sarebbe stata una buona azione per me e per l'umanità. Ma la mia riconciliazione con Helle sarebbe andata a farsi benedire e il mio regalo si sarebbe rovinato. Ma ne avrei goduto, pensai.
Ma non fa caldo andare in giro con il cappello di lana tutto l'anno? – dissi.
No – rispose il ragazzo.
Quando ero giovane io, si usava il cappello solo nei mesi che avevano la "r" – dissi.
Oh! – annuì il ragazzo guardandomi allegramente. C'era qualcosa di familiare nel suo sguardo, persino nel suo sorriso. Ma certo!, era Harald, il nipote di Helle!
Settembre e Aprile erano facoltativi, ovvio – precisai
Ovvio – ribadì Harald.

***

Sistema questi negli scaffali mentre sono fuori – disse Herman e indicò una montagna di confezioni sul pavimento.
Cosa sono? – chiesi.
Pannolini.

Pannolini! Li riconoscevo, ora! Pannolini di ogni specie e fattura. Come quelli che Pål Waaktaar stava rovistando nel supermercato ICA a Vinderen. Nessuna meraviglia se ci avessi messo tempo a sistemarli: ce ne erano di tutti i tipi e più numerosi delle città in Belgio. Innanzitutto vi erano molte marche diverse e ogni marca aveva una quantità di varianti: quelli per bambini, per bambine, unisex per gli indecisi!
Non era così ai miei tempi - dissi – noi usavamo i pannolini di stoffa.
Ne dubito – rispose Herman e si affacciò alla finestra. Higgins gli doveva dare un passaggio per andare dalla zia Hulda e controllare che tutto fosse in ordine. Intanto, io avrei dovuto badare al negozio.
Ci sono i dati – ribattei – tutta Drammen utilizzava i pannolini di stoffa prima del 1960.
I pannolini usa-e-getta sono nati nel 1955 – spiegò Herman.
Perché i bambini e le bambine devono indossare pannolini diversi, allora? – dissi
Perché i bambini e le bambine hanno forme diverse – disse Herman.
E funzionano? – chiesi
Certo!
Herman si era tolto il camice da lavoro per indossare un Burberry risalente ai primi anni '50. Mi stava dando le ultime delucidazioni sul controllo della temperatura dei frigoriferi e dei congelatori, poi sarebbe potuto andare via per tutto il tempo che voleva. Mi sarei preso cura del negozio come fosse il mio romanzo.
Ora, un paio di regole spicciole che utilizziamo nel settore – disse Herman mentre ci avvicinavamo al banco dei surgelati – Metti la mano all'interno del congelatore.
Feci come mi disse.
Cosa senti? – domandò
Freddo – risposi
Quanto freddo?
Molto, molto freddo – risposi
Bene! È così che deve rimanere – disse Herman.
Poi fu il turno dei frigoriferi:
Cosa senti, ora? – domandò Herman.
Fresco – risposi
Quanto fresco?
Abbastanza fresco – risposi
Sii più preciso – disse Herman
Fresco come una sera di autunno a Settembre, seduti su una pietra ad osservare il tramonto sul mare, mentre il buio e il freddo calano sui campi – risposi.

***

Herman ritornò verso l'ora di chiusura con lo sguardo malinconico e un doloroso annuncio. Aveva trovato la zia Hulda morta con una bottiglia di vino rosso in mano e la bocca piena di cavolfiori. In sottofondo la stazione radio francese continuava a trasmettere un casino infernale.

Quanto tempo fosse rimasta accesa, non lo so – disse Herman – ma puoi star certo che è stata la prima cosa ad essere spenta.

Proposi una commemorazione spontanea a base di birra e cavolfiori che mangiammo con un po' di maionese sopra. Tutto in memoria della defunta zia. Herman rimase seduto in silenzio, ogni tanto interrompeva quel silenzio raccontando un paio di episodi sull'anziana zia risalenti alla seconda Guerra Mondiale che mi sembravano tanto esotici quanto i rapporti antropologici degli scienziati sul campo riguardo le popolazioni indigene di Java. Ascoltavo con interesse i suoi racconti come di quella volta che ricevette in regalo i lacci nuovi per i suoi scarponi da esploratore. E non era neanche il suo compleanno eccetera, eccetera.

28

Nell'appartamento di Helle era accesa la luce, ma lei non venne ad aprire la porta quando suonai. Avevo un regalo da darle prima che anche lui scomparisse nel nulla.

Cosa ci faceva una donna incinta fuori di casa a quell'ora? sicuramente non era sola. Il suo amante era finalmente ricomparso per portarla al teatro o al cinema per tamponare la ferita di non essersi presentato al grande pranzo-incontro-con-mamma-e-papà. Puzzava di cattiva coscienza.

Rimasi ad aspettare fuori. Subito dopo arrivò un vicino di casa che mi lasciò entrare con un cenno di saluto. Il nuovo arrivato mi salutò come se mi conoscesse bene da tempo, probabilmente aveva riconosciuto la foto sulla quarta di copertina di "*La Lettera*" che la casa editrice aveva voluto mettere. Anche se erano passati degli anni, devo ammettere che mi mantenevo bene.

Il pacco regalo non entrava nella cassetta della posta e non entrava neanche nella fessura portalettere sulla porta di ingresso di Helle. Forse ci sarei riuscito se avessi strappato il dizionario in due, esattamente a metà, alla lettera K, per esempio, all'altezza della definizione di KOINE' (termine di origine greca usato per indicare una lingua comune che si sovrappone ai dialetti locali). Ma era ovviamente da escludere l'idea di rovinare un dizionario in quel modo.

Suonai ancora, senza risultato e rimasi ad osservare la targhetta sulla porta. Era nuova e appena lucidata: QUI ABITANO HELLE E HOBO.

Certo, sapevo chi fosse Helle. Ma non si può affatto sostenere che la CONOSCESSI. Gli eventi dell'ultima settimana lo avevano mostrato con evidenza.

Cosa dovevo fare, ora? stavo lì con un regalo in mano e nessuno a cui darlo. Non avevo altra scelta che aspettare alla porta. Quante volte mi aveva raccontato Herman di come le anziane signore rubassero come corvi qui a Frogner? Lasciare incustodito un dizionario era come chiedere ad un borseggiatore di tenere d'occhio il proprio portafogli.

Tirai fuori il mio mazzo di chiavi e automaticamente infilai nella serratura una chiave. Con grande sorpresa, la chiave entrò e quando la girai nella serratura, la porta addirittura si aprì e subito dopo mi ritrovai nell'ingresso buio dell'appartamento di Helle.

C'era uno strano odore. Di pittura. Avanzai di qualche passo, annusando. No. Piuttosto sembrava l'odore del pane appena sfornato. Avanzai ancora di qualche passo e inciampai sulle casse messe di traverso lungo la parete. Non immaginavo fosse così rischioso consegnare un regalo! Mi accorsi che le casse contenevano il mio romanzo di debutto "*La Lettera*". Era dunque Helle ad averci messo sopra le grinfie!

La porta della camera da letto era aperta e andai a dare un'occhiata. Sobbalzai quando vidi Helle sdraiata sul letto. Ero sicuro che fosse uscita! In un primo momento ebbi l'impressione di notare un bozzo a fianco a lei. Un involto umano che russava raggomitolato sotto le lenzuola. Ma a guardar bene erano solo le coperte appallottolate su un lato. Era comprensibile che l'amante non osasse più giacere con lei. La speranza di un po' di sesso svaniva ogni giorno di più che la gravidanza progrediva. Non ero il tipo curioso che va in giro a sbirciare cosa fanno le altre persone, ma devo ammettere che mi venne voglia di vedere cosa aveva fatto Helle con quei suoi pennelli da due soldi.

Fu una vista deprimente per me. Non aveva fatto una sola pennellata in modo decente e i mobili della cucina erano orrendi! Peggio del retro giardino nel peggiore dei quartieri di Londra, pensai. Non aveva neanche fatto progressi dall'ultima volta che ero stato lì, a cena insieme ai suoi genitori. I secchi di vernice erano per terra posati su carte di giornale ed i pennelli erano appesi a sgocciolare nel lavandino.

Ero letteralmente sconvolto. Non potevo restare lì a guardare quello scempio. Entrai in camera da letto, deciso a dirle la mia opinione. Mi fermai davanti al letto. Era giusto svegliarla, ora? Per prima cosa, aveva bisogno di un buon sonno notturno. E, seconda cosa, sentivo che le mie calze erano sudate e dovevano essere cambiate. E inoltre non avevo pensato di lasciare quel luogo senza un paio di calze pulite, perciò aprii l'armadio di Helle e guardai. I vestiti erano ammucchiati ovunque. Presi tra le mani delle mutande molto carine. Che se ne faceva una donna incinta? erano soffici e setose come la pelle dei pesci. Ci sprofondai la faccia dentro e le annusai. Odoravano di fresco e di pulito. Ma chiunque ci sarebbe riuscito con OMINO BIANCO e un po' di buon umore, conclusi.

In fondo all'armadio trovai quei calzettoni di spugna doppi che mi piacevano tanto e che avrei da sempre voluto sottrarre a Helle. Bene, era giunto il momento.

L'altro lato dell'armadio era più vuoto. E non vi erano appesi i vestiti di Helle. C'era maglieria intima e magliette che appartenevano ad un uomo e anche se lo sapevo, la verità era dura da mandar giù.

Ma fermi tutti! Ma non era la mia vestaglia quella appesa lì? Afferrai la vestaglia e guardai l'etichetta. E certo! Era proprio la mia e stava lì ad uso di un altro uomo! La rabbia mi ribollì dentro nuovamente e cominciai a controllare tutti i cassetti. E fu abbastanza ovvio constatare in pochi secondi che c'erano anche le mie camicie e le mie mutande. Mi sedetti sul letto e mi tolsi le calze. Sul comodino di Helle c'era un libro sulle fasi della gravidanza, e appoggiai il dizionario sopra il libro. Se non si preoccupava di cosa fosse bene per lei, non era colpa mia.

Il sonno mi colse come se fossi una valigia dimenticata che il proprietario viene a prendere. Mi spostava di stanza in stanza, dove sogni sempre nuovi e diversi si popolavano di strani personaggi: la signora del chiosco di quando ero bambino, il critico di uno dei più grandi quotidiani di Oslo, l'alce parlante dei famosi racconti di Thorbjørn Egners.

Sognai la pioggia. Una pioggia abbondante che spazzava le strade. Ero senza ombrello e senza impermeabile e i taxi si erano nascosti al riparo come tutti gli altri. Mi dirigevo verso l'ospedale alla ricerca del reparto di ostetricia. Era come se tutti stessero aspettando me. Sorridevano. Tutto ciò mi rendeva inquieto, entrai in un bagno per specchiarmi. I miei capelli erano grigi. Helle non era più nella sua stanza quando finalmente la trovai. La coperta era scostata e le pantofole sotto il letto non c'erano più. Un'infermiera entrò nella stanza con un bambino nel carrozzino.

E' ora della pappa – disse – Forse preferisce prima cambiarlo? Può farlo lì dentro – disse spingendo il carrozzino nella stanza a fianco e poi scomparve. Mi guardai intorno. C'erano le salviette e i pannolini e le coperte e gli asciugamani, tutto l'occorrente, i pannolini erano della qualità migliore, me ne accorsi subito. Guardai il piccolino. Assomigliava come una goccia d'acqua a Pål Waaktaar.

***

Helle entrò portando il vassoio della colazione.

Grazie per questa notte – disse.

Sì, l'avevo semplicemente appoggiato sul tuo comodino, ma poi il sonno mi ha colto ancor prima che riuscissi a pronunciarne la parola – dissi.

Furbacchione – disse Helle spettinandomi i capelli

Questo era un gesto troppo intimo. Mi spostai sull'estremità del letto.

Hai già letto il libro? – le chiesi

Oh no! ci sarà tempo durante tutto l'autunno – rispose Helle.

Certo, doveva condividerlo con il suo amante, se questo era ciò che desiderava. Se non parteggiassi per la sessualità libera, avrei detto che le parole sono un bene comune.

Tutto o.k.? – domandai

Sì, certo

Hai le mani sul ventre – feci notare

Sul serio?

Sul serio

La sto salutando – disse Helle

Lei?

Credo che sia femmina – disse Helle.

Una femmina! Helle sapeva a mala pena come erano fatte le ragazze! Quando mi ero immaginato Helle nel ruolo di madre, pensavo che fosse madre di un maschietto. Il fatto che potesse trattarsi di una femminuccia, giunse come un fulmine a ciel sereno. Un maschietto poteva essere utile a qualcosa, almeno. Lo avrebbe istruito all'uso corretto della lingua e avrebbe potuto mettere in ordine la sua libreria.

Su, mangia – disse Helle.

Sul vassoio c'erano le uova con il prosciutto e un bicchiere di succo di frutta, Helle era riuscita persino a trovare un po' di posto per le fette di melone. Il prosciutto era cotto al punto giusto, croccante come piaceva a me e anche l'uovo era ben cotto senza lasciare quella bava di albume.

***

Quando Helle uscì, andai in cucina per dare un'occhiata alla luce del sole. Il lavoro di pittura era abbastanza avanzato, quasi finito. Non era affatto rifinito sul soffitto e ai bordi del pavimento, la vernice verde non riusciva a nascondere i vecchi errori. Infine, i chiodi e i buchi non erano stati stuccati come si deve.

A conti fatti, non era più affar mio. Se Helle desiderava vivere con quelle pareti dipinte in quel modo, che facesse. Ma ero talmente dispiaciuto a quella vista, che non potei fare a meno di dare una mano. Stuccai nuovamente tutti i buchi e ridipinsi con la massima precisione le pareti dal soffitto al pavimento. Meglio. Molto meglio.

29

Quando uscii sul retro, mi sembrò di udire una musica nota provenire da uno degli appartamenti. Era *"Move to Memphis"* dall'album *"Memorial Beach"* e chi lo stava facendo suonare aveva uno stereo di tutto rispetto: il riff del basso faceva tremare le finestre e la chitarra di Waaktaar arrivava come un vetro rotto sull'asfalto. Suonai a lungo il campanello prima che qualcuno aprì. Avevo la mia vestaglia ben stretta sotto il braccio e mentre risuonava il *bzzz* del campanello, spinsi il portone di ingresso, superai in fretta le cassette postali e mi addentrai nel corridoio. Anche la porta dell'appartamento era chiusa, per cui dovetti di nuovo suonare. All'improvviso la musica tacque e sentii dei piedi strusciare dietro la porta. Devo dire che era diventato faticoso raggiungere la propria scrivania. Ma era uno dei fardelli dell'essere lavoratore indipendente.

La porta si aprì e Haagen sbirciò attraverso la fessura lasciata socchiusa dalla catenella di sicurezza.

Chi è? – disse Haagen

Apri!

Chi è? – ripeté Haagen

Devo lavorare, apri questa porta!

Haagen tolse la catenella e aprì la porta. Accidenti, il tipo indossava un completo nero nuovo con una camicia di seta viola e un colorito rossiccio sul suo viso altrimenti cadaverico.

Verrai allo spettacolo di questa sera? – disse Haagen

Ho ritrovato la mia vestaglia – dissi stringendola a me

Oh no!

E la mia vestaglia resta qui – dissi sedendomi alla scrivania.

Concentrarsi con Haagen nella stanza non era facile. Gironzolava suonando vecchi brani jazz, mentre contemporaneamente si misurava i suoi venticinque completi comprati al mercatino delle pulci. Alla fine mi alzai per andare a mettere il CD *"Headlines and Deadlines"* che negli ultimi tempi era stato così tante volte suonato cha splendeva come uno stampo per cialde.

Hai mai pensato di andare a Memphis? – dissi

Dove?

Fanno dei buoni panini – dissi.

Haagen uscì lasciandosi dietro una scia di dopobarba e l'odore del burro di arachidi. Ero finalmente entrato nell'atmosfera di *"Crying in the rain"* ed ero pronto a far costruire al mio eroe le casette per uccelli. Ora che ne avevo costruita una con l'aiuto di Higgins, potevo descrivere il procedimento in modo molto convincente e veritiero: la scelta dei materiali, il montaggio delle componenti, l'apertura della misura giusta – a seconda del tipo di uccello per cui bisognava costruire la casetta, un passerotto, un usignolo, un merlo o altro. Per tutto l'inverno, l'eroe si mise a costruire casette per gli uccelli e quando giunse la primavera, si arrampicò sugli alberi per posizionarle. Trova l'albero, ci si arrampica e poi fissa con cautela la casetta. Dopodiché si siede sulla veranda in attesa del ritorno degli uccelli.

Che ne avrebbero fatto gli uccelli delle casette? Avrebbero costruito dei nidi all'interno. Una casa per sé e per i propri cari. Ogni casetta, un nido. Ogni nido, una casa per la famiglia di uccelli. Riparo contro la pioggia. Al sicuro dagli uccelli più grandi e dagli scoiattoli con loschi propositi.

L'eroe siede sulla veranda in attesa.

Presto accadrà qualcosa di grande.

30

Haagen e il resto del gruppo avevano quasi finito di montare gli attrezzi quando arrivai al Fire Høns. *Poesia express* era parcheggiato fuori e Higgins si stava dando da fare in abito da sera e occhiali da sole.

Dacci una mano! – urlò quando mi avvicinai.

Non ero contrario. L'equilibrio tra la posizione sedentaria e l'attività fisica era meno traballante della torre di Pisa. Ero rimasto seduto ore a scrivere tutto il giorno e avevo bisogno di un po' di movimento. Avevo fatto progressi ed ero riuscito a smettere di scrivere prima di arrivare a un punto morto. Proprio questo era uno dei trucchi dello scrittore che risaliva persino ai tempi di Omero: serravano la bocca e facevano segno all'ascoltatore di tornare più tardi. Non sarebbero bastati dieci cavalli selvaggi a fargli aprire bocca per quel giorno.

Spingemmo "*Sempre peggio*" fuori dal retro di *Poesia Express* e lo ponemmo con il dorso sul marciapiede a guardar le stelle. La parola "dorso" era ovviamente una cosa che usavo solo io. Avevo accettato che l'arte moderna era aperta a ogni tipo di interpretazione e che la mia non era più corretta delle altre.

Lo mettiamo davanti la porta del bagno degli uomini – propose Higgins – la gente che ha bisogno di fare pipì è più aperta alle novità.

***

Mi misi seduto al banco, sbirciando i testi che avevo portato con me pensando alla lettura della serata, mentre Hjort mi servì una birra senza schiuma.

Stai imparando. Grazie! – dissi

Offerta dalla casa – disse Hjort

Di nuovo? Così vai in bancarotta – dissi

Ci mancherebbe!

La band di Haagen era composta da sassofono, tastiera, basso e nacchere. Quando Hagbart comparve con il suo basso, stavo quasi per andarmene, ma lui venne spedito verso di me e mi prese la mano chiedendomi di fare la pace.

Mi sono comportato come uno stupido – disse.

Anch'io – dissi

No, lo stupido sono stato io!

Se proprio insisti

Ovviamente era uno stupido, ma il metodo migliore era che la gente ci arrivasse da sola a quella conclusione. Come diceva Socrate, così avevo fatto io.

Ero molto più interessato all'area circostante il suo occhio che assomigliava proprio ad una cartina geografica ben dipinta con sfumature di colore che andavano dal bluastro al verdognolo al giallastro, con una punta di rossiccio. Ma che potevo farci, ora? Quel che è fatto è fatto e chi rimugina sul passato non va da nessuna parte nella vita, pensai.

Hagbart si allontanò per raggiungere il resto della band, accordare il suo basso e sgranchire le sue dita da maiale prima dello spettacolo, mentre io ripresi a sbirciare i miei appunti. Avevo deciso di presentare il mio nuovo sonetto, quello che avevo composto durante gli arresti. Questo era il luogo e il momento giusto per un giro di ballo su versi classici.

Haagen mi chiamò sul palco proprio nell'attimo in cui Helle era entrata. Indossava un clamoroso abito rosso che mi ricordavo di averle regalato per non so quale occasione. Mi salutò da lontano ed io feci un movimento di saluto con il bicchiere che avrebbe potuto interpretare come voleva. Contavo sul fatto che avesse capito che non volevo assumermi la responsabilità di un bambino che non era mio. O.k., mi ero addormentato sul suo letto. Sono cose che capitano anche ai migliori.

Secondo Haagen, lo spettacolo doveva procedere nel modo seguente: prima la band avrebbe suonato un brano, poi io avrei dovuto recitare un testo di accompagnamento. Poi avrei dovuto leggere un testo senza accompagnamento, poi la band avrebbe suonato un altro brano senza testo. E così fino all'infinito senza che io ne capissi la logica.

E' peggio che compilare un tagliando per la raccolta punti – dissi

Prendila con calma – disse Haagen – ti do le indicazioni strada facendo.

La grande domanda era se avrei dovuto cantare o recitare. Avrei potuto anche trovare una via di mezzo, per esempio, cantare i ritornelli oppure improvvisare un parlato cantato. Fummo d'accordo che avrei cominciato declamando una poesia e poi avrei potuto cantarla se me la sentivo di farlo.

Strada facendo si vedrà – disse Haagen.

Stupidaggini – dissi.

Il baccano all'ingresso mi distrasse. Era il redattore Holm immobile con una bottiglia di vodka che spuntava da una tasca. Quando mi vide, urlò qualcosa di incomprensibile e tirò fuori dalla tasca uno striminzito blocco per gli appunti.

Lascialo entrare! – dissi

Il buttafuori guardò scettico Hjort.

Chi è? – chese Hjort

La stampa – risposi.

Un'ora più tardi, il locale era pieno zeppo. La gente stava in piedi o seduta e persino il bancone era usato come punto di osservazione per gli ascoltatori entusiasmati. Un'atmosfera di grande aspettativa dominava il locale e si concentrava sul palco dove Higgins, Haagen, Hagbart e gli altri della band si riscaldavano ognuno con la propria pinta. Bisognava cominciare subito, pensai, prima che l'alcol desse alla testa.

Non puoi indossare quella – disse Haagen cercando di strapparmi la vestaglia.

Smettila – dissi

Ma sembri una merenda rinsecchita – disse Haagen

Ah grazie!

Prestami la tua camicia Higgins – disse Haagen.

Higgins si tolse la camicia hawaiana e così fui costretto a cambiare la faccia sul fisico imponente di Higgins.
Così va meglio – disse Haagen – A star is born[27].

92

---

[27] In inglese nel testo [n.d.t.]

Due potenti riflettori mi accecarono i primi secondi. Haagen mi diede una spintarella ed io mi catapultai sul palco aggrappandomi all'asta del microfono. Abbracciami forte.
Era più silenzioso della tomba in cui la povera zia Hulda presto sarebbe stata deposta al riparo dall'autunno. Rimasi nel cono di luce e sentivo l'odore di sudore e spazzatura che proveniva dalla camicia di Higgins, mentre i visi cominciavano a spuntare nel buio del locale. Vidi Helle seduta al tavolo con una bottiglia di Farris in mano e più in fondo, avrei potuto giurarci, c'era Alvaro de Campos che allungava il collo per vedermi meglio. Un paio di ragazze straniere proprio sotto il palco squittirono appena afferrai il microfono e dissero qualcosa di ispirato sulla vita, la morte e l'amore. Guardai la folla di gente e sentii il calore avvolgermi. In fondo al locale, appoggiato alla parete, c'era Holm che mi fissava con uno sguardo afflitto.
Per prima cosa, leggerò un sonetto – annunciai – e come dice il buon Håvard[28], il sonetto non è l'ultimo modello di macchina della Opel?
Un'onda di risate mi investì.
Il sonetto è una forma stilistica – dissi
Aaaah! – rispose il pubblico.
E questo sonetto racconta della vita qui, al Fire Høns – dissi e cominciai a leggere "*In città*". In modo pulito e solenne.

Proveniva barcollante dal bagno,
tenero, arrapato e raro.
Sei tu? Le disse e accese un sigaro.
. Vai a casa? Ti accompagno.

Certe cose, io, le prendo male
Un tipo losco che viene e porta via
In quel modo la donna mia
Che, invece, ha uno tosto come me e non quel tale.

Ma lei, fredda come il ghiaccio, disse non con me.
Il suo era un inutile delirio.
Tu, non sei mai stata a letto con uno come me,
disse lui in preda al desiderio.

Mi alzai e lo picchiai prima che potesse vedere me.
Aveva messo la sua mano sulle cosce dell'amor mio.

Durante la lettura, un paio di ragazze erano svenute, o si erano semplicemente abbassate? Sentivo il brusio nella sala, da un basso sussurro si trasformò in un

---

[28] Håvard Rem, poeta e autore di numerosi brani in collaborazione con Morten Harket. [n.d.t.]

torrente di forze celesti. Scoppiò l'applauso, la gente si alzò. Batterono i piedi per terra e i bicchieri sui tavoli. Volevano sentirne un'altra.
I love you – dissi al microfono – I love you[29].
Helle sorrideva, stavo per mordermi la lingua. Ovviamente credeva che fosse tutto dedicato a lei.

Mi andai a sedere al tavolo e sentivo di essere accalorato, infervorato come un commutatore di energia. Helle mi abbracciò ed io la lasciai fare, ma quando avvicinò la sua bocca per baciarmi di fronte a quel centinaio di fans curiosi, la fermai.
Si direbbe che non hai mai fatto altro che stare su un palco – disse Helle
Grazie.
E grazie per la poesia – disse.
Perché ringraziare? Lo avevo fatto per la posterità e non per ammaliarla. Sapevo tutto sulle donne che cercano di ingannare gli uomini con l'adulazione e le lusinghe. Gli uomini erano stupidi, ma io ero l'eccezione che conferma la regola.
Haagen venne a congratularsi con me e poi mi portò al bancone.
E' andata benissimo, Hobo!
Grazie
Ti vogliamo nel gruppo stabilmente – disse Haagen – Higgins diventerà il nostro manager e gireremo il mondo consegnando poesia alla gente.
Posso andare a far pipì, prima?
Certo ! – concesse Haagen generosamente.
Andai in bagno, notando come con la mia presenza riempivo tutto lo spazio. Mi godevo ogni goccia di pisciata che usciva e all'improvviso capii come doveva sentirsi Morten Harket il giorno in cui Pål e Magne insistettero per volerlo con loro a Londra. Magne e Pål avevano bisogno di Morten per sfondare. Ora, Higgins e Haagen avevano bisogno di me.
Qualcuno tirò lo scarico e da quel gabinetto uscì Holm. Mi guardò a lungo, poi disse:
- Tuttttenseinissciuno.

---

[29] In inglese nel testo [n.d.t.]

32

Sarebbe una sottovalutazione dire che fossi ispirato quando tornai a casa dopo l'esperienza al Fire Høns. Ero esaltato e determinato nel terminare il romanzo in un baleno. E per fare questo dovevo rimanere seduto alla scrivania per due giorni di fila tenendomi sveglio a colpi di caffè e crackers, la prima versione doveva essere completata prima che fossi pronto per una passeggiata sotto i castagni di Bygdøy.

Avevo, per caso, ridotto le mie ambizioni? bèh, il Premio per la Letteratura Nordica era un buon inizio, ma l'esordio al Fire Høns non aveva dimostrato che ero tagliato per cose più grandi? Sì, non era giunto il momento di ammettere che il Premio Nobel era a portata di mano, se solo riuscissi a lavorare con calma e in tranquillità?

Una delle finestre era aperta sul cortile. Le stelle mi guardavano attraverso le pareti. Mi alzai per andare alla scrivania.

La prima cosa che notai fu che la casetta per gli uccelli stava per terra in mezzo a un mucchio di panni sporchi. Se Haagen credeva che avessi fatto tutto il lavoro per lui, si sbagliava. C'erano una quantità di buone lavanderie in città, senza fare necessariamente i nomi. Ma se fosse stato necessario, sarei riuscito a procurargli nome e indirizzo.

Mi accorsi anche che la scrivania era scomparsa. Una striscia nera di sporcizia e fuliggini era rimasta a testimonianza del fatto che un tempo c'era stata una scrivania dell'IKEA in quel posto. Una scrivania che mi piaceva da anni. Una scrivania che era stata testimone di più di un raptus creativo durante le sere autunnali.

Ma non era una tragedia, pensai. La scrivania si può sostituire. Inoltre, un buon scrittore riesce a scrivere eccellente letteratura in quasi tutte le circostanze e in qualsiasi posizione immaginabile, mi dissi. Poi andai verso il letto per recuperare il mio manoscritto.

Non direi che fossi sorpreso nel trovare Haagen infilato nel mio letto. Mi ero gradualmente abituato alla sua presenza. E dal momento che Haagen dormiva lì, era anche abbastanza naturale vederlo dormire abbracciato al suo sassofono.

Ma quello che mi sorprese fu vedere Hilde raggomitolata in un angolo.

Infilai una mano sotto il materasso, dove di solito mettevo il mio manoscritto.

Haagen grugnì e si mosse:

Sposta le chiappe – dissi, infilando anche il braccio.

Cominciai a vagabondare irrequieto per l'appartamento. Il pensiero era quasi insopportabile, il momento in cui mi coglieva l'ansia era come se l'universo urlasse tutta la mia sfortuna, come se tutte le mie mancanze fossero lì per terra al posto dei panni sporchi di uno sporco sassofonista di nome Haagen.

Respirai profondamente e poi battei i piedi per terra.

No! – urlai

Presi a pugni le pareti.

Nooo! – urlai ancora. Il manoscritto era scomparso.

Non poteva essere vero. Avevo visto la terra emergere dalle nebbie! avevo quasi sentito la terra sotto i miei piedi ed ora mi ritrovavo nuovamente in mare aperto senza mappa né bussola.

Come già era accaduto altre volte, il modo migliore per tenere in scacco la frustrazione era fare pulizie. E il posto più naturale dal quale partire era il mobile bar. Seduto sul pavimento della cucina, allungai un braccio sotto il mobile. La prima cosa che trovai fu un goccio di gin che qualcuno aveva lasciato per bontà qualche anno prima. Quella volta, cinque uomini non riuscirono a scolare una bottiglia intera di gin! Dopo aver constatato che la bottiglia non dava di muffa e aveva ancora un buon odore, la svuotai in un sorso solo e buttai la bottiglia vuota in una busta dell'Angolo di Herman.

Ora sì!, mi sentivo già meglio e lasciai fluire i pensieri, infilando di nuovo il braccio nel mobile bar.

Cosa avrebbe fatto Pål Waaktaar al mio posto? Era una domanda importantissima in quel momento. Si sarebbe lasciato andare a un pianto sfrenato buttato per terra? Avrebbe preso a calci il muro come un ragazzino che aveva perso il suo ciuccetto?

Ne dubito. Pål non era un uomo che dava di matto. Si sarebbe certamente disperato per un attimo prima di risollevare la testa e guardare oltre. Non vi erano mille modi per risolvere qualcosa? Tutte le strade non portavano a Roma?

Evidentemente anche Pål aveva vissuto una cosa simile durante il primo periodo a Londra prima che Morten si lasciasse convincere a lasciare il Mar del Nord per entrare a far parte degli A-ha. Quando lui e Magne ritornarono dopo un breve soggiorno in Norvegia, scoprirono che il geniale nascondiglio nel loft che avevano avuto per abitazione, non era poi così geniale. Avevano nascosto le loro cose più preziose e care per evitare di riportarle a casa. Il problema fu che avevano un paio di faccende irrisolte con la loro padrona di casa londinese. Immaginate quale piacere fu per lei - con quale ghigno maligno - sollevare il coperchio del secchio della spazzatura e buttare le cose che avevano lasciato i ragazzi!

Un'intera raccolta di poesie di Pål scomparve così e nella mia mente avevo sempre dubitato della forza del sogno di Magne e Pål proprio su quel punto. Che nascondiglio idiota! Erano stati veramente così stupidi?, avevo pensato spesso. Ma ora compresi il simbolismo di tutto ciò: la loro fede e convinzione che sarebbero tornati per avere successo era così forte che lasciarono le loro cose più preziose a Londra e al suo destino.

Infilai di nuovo il braccio nel mobile bar e tirai fuori un'altra bottiglia. Una bottiglia intera di liquore al caffè. Il caffè era quello che ci voleva ora, pensai, e lo scolai come se fosse l'ultima cosa da fare prima di andare in guerra.

Guardai l'ora.

Erano le quattro e mezza della notte.

33

La bicicletta di Herman stava sul retro del negozio come al solito, con un lucchetto scassato che si apriva persino con la chiave del mio diario. Herman non aveva ancora aperto il negozio, ma dalla finestra lo intravedevo gironzolare all'interno.

Riposi la casetta per uccelli e la spinsi sulla strada. Il sole non era ancora caldo, ma il cielo era azzurro. Sarebbe stata un'altra giornata calda.

Pensai a quanto fossi riconoscente a Pål. Mi aveva dato così tanto senza che lo sapesse, ma stava per diventare un rapporto a senso unico. Anche tu devi dare qualcosa in cambio, pensai. Dovresti fare un regalo a Pål.

Cosa potrei regalargli? Lui che aveva già tutto ciò che desiderava? Avevo la forte sensazione che Pål non fosse un tipo materialista. Era uno spirituale, come me e perciò il regalo perfetto era una copia firmata del mio libro "*La lettera*", pensai. Oppure una casetta per uccelli?

Non stavamo parlando, forse, di affinità elettiva? Di anime gemelle? Se Pål non se ne era ancora accorto, lo avrebbe fatto presto. Aveva solo bisogno di tempo. Non era COSI' facile separare la crusca dalla farina quando si era famosi come lui. Quanti non avrebbero voluto attaccar bottone con una celebrità del suo calibro? E per i motivi più impensabili? Poteva essere per ragioni economiche come per quelle sessuali, oppure semplicemente desiderare di essere illuminati di riflesso dai riflettori puntati su Pål, come una qualsiasi luna, illuminata dal sole.

E cosa mi faceva pensare che ci fosse qualcosa di speciale tra noi due?, mi si potrebbe chiedere.

Lo sapevo e basta, avrei risposto.

Il manoscritto scomparso era solo la conferma che le nostre vite seguivano un binario parallelo.

Waaktaar stesso era un uomo di letteratura e di linguaggio. Non si era, forse, lasciato cogliere dal raptus letterario in gioventù immergendosi nel mondo di Dostojevskij e Hamsun? Non si era comportato in stile Hamsun quando si trasferì nella baita di famiglia a Nærsnes prima dell'esperienza londinese con gli A-ha, a debita distanza dal cemento e dalle villette a schiera della natia Manglerud?

Le lingue maligne direbbero che la storia degli interessi letterari di Pål Waaktaar era solo un bluff per costruire l'immagine del gruppo nei primi anni '80. Personalmente non avevo dubitato un istante dell'immagine del musicista letterato di Oslo est. Waaktaar senza dubbio leggeva fino a farsi male gli occhi e farsi venire un cerchio alla testa, mentre gli altri due si guadagnavano da vivere per poter mettere da parte i soldi. I tre sognavano di ritornare a Londra e il capitale di Waaktaar era HAMSUN. Così è e basta.

Probabilmente lui sognava e gironzolava ispirato fuori dalla baita di Nærsnes, mentre Magne Furuholmen sgobbava come bidello e Morten Harket lavorava in ospedale. Non è facile separare ciò che è leggenda dalla realtà. I flauti di Pan riecheggiavano nei boschi e il romanticismo naturalista fioriva!

La storia di Pål e dell'alce, due re che si incontrarono nei boschi di Nærsnes, dovrebbe fugare ogni dubbio sul suo autentico rapporto con la letteratura, allora: una sera, passeggiando nel bosco – indossava pantaloni bianchi – accadde qualcosa di speciale che molto probabilmente diede una spinta alla carriera degli A-ha, un fattore liberatorio che sottolineò come fosse necessario tornare a Londra.

Waaktaar camminava pensieroso, e si fermò un attimo alla legnaia ad osservare i mucchi di foglie di platano che si trovavano ovunque intorno alla baita in quel periodo dell'anno. Si chiese che cosa nascondessero in realtà quelle foglie. Il bimbo morto di *"Per i verdi sentieri"*? il bimbo che aveva il labbro leporino come sua madre e che non aveva diritto alla vita?

Waaktaar avanzò verso i mucchi di foglie per osservare meglio. No, pensò. Non era possibile discernere alcuna forma sotto i cumuli. E non aveva minimamente pensato di smuovere quei mucchi con il piede! Lo faceva solo con il pensiero.

Mentre stava proseguendo verso la legnaia, un alce sbucò da un cespuglio. Waaktaar si spaventò e si voltò, sicuro che i suoi pantaloni bianchi avevano irritato l'alce e che adesso gli avrebbe dato al carica. Corse in casa dove si trovava Magne che sghignazzava sull'uscio.

Che Dio mi aiuti – urlò Waaktaar – i Pantaloni Bianchi!

34

Mi avrebbe riconosciuto Augie? Non improbabile. C'era qualcosa nella mia persona che colpiva la gente. Non era la prima volta che ne facevo esperienza! Ma con i piccoli era diverso. Sembrava che nulla fosse estraneo per loro, era come se avessero una saggezza che risaliva ai primordi dell'umanità, quando l'uomo girava scalzo e senza sapere cosa avrebbe portato la storia dell'umanità.

Mi chinai ad osservare meglio il bambino. No, quel tipo di saggezza aveva un aspetto un po' più recente, conclusi. Intorno al '500 – il periodo del Rinascimento, dei giochi a carte e della musica da camera. Assomigliava ad un ometto intelligente che si era messo da parte dopo una lunga vita di servizio. Rilassati, ometto – pensai – e giocherellai con i suoi giochi. Rilassati. E se proprio hai deciso di restare sveglio, allora bada di tenere almeno la bocca chiusa e non cominciare a urlare come un ossesso.

In quel preciso istante cominciò a urlare come un ossesso ed io mi spaventai a morte. Tutti nel negozio si girarono e in un attimo Waaktaar era lì a prendere il bambino in braccio.

Sa se hanno Libero per bimbi di 2 - 3 anni? – chiesi a Waaktaar

Non saprei. Uso solo i Pampers

Pampers?

Sì – confermò Waaktaar.

Pampers, certo, sono i migliori, ma ho un problema con la piccola. La pipì fuoriesce dai suoi Pampers

Oh merda – disse Waaktaar

Sì, proprio merda

Accidenti – disse Waaktaar comprensivo.

Up & GO funzionano meglio - dissi.

Non ha provato a stringere di traverso? Varrebbe la pena provare – consigliò Waaktaar

Non funziona – dissi scotendo la testa sconsolato.

Ci fu un momento di silenzio. Cominciai a cercare nella tasca. Se dovevo consegnare il libro, quello era il momento per farlo. Avevamo appena avuto un istante di intimità in un supermercato, un neo-papà e, forse, un padre in procinto di esserlo si erano incontrati. Cosa c'era di più naturale che regalargli il mio libro qui e subito? Che il tipo fosse una persona che amava leggere, non vi erano dubbi.

Il libro non era né nella tasca destra, né in quella sinistra, stava invece in quella posteriore, e quando stavo per darla a Waaktaar, lui si era già allontanato. Lo vidi uscire dal negozio, fuori Lauren lo stava aspettando. Erano chiaramente molto indaffarati, poiché cominciarono a chiacchierare come fanno le vecchie coppie che non si vedono da tre minuti e poi andarono via in fretta come dovessero prendere l'aereo per New York.

Provai una punta di gelosia verso Lauren. Pål era immediatamente corso fuori appena l'aveva vista aspettare fuori. Se le cose stavano così, bisognava manovrare Lauren per poter avere Pål tutto per me per alcuni secondi e quindi avrei avuto bisogno di altre bevande. Andai a prendere una confezione da sei, pagai alla cassa e uscii.

Pål e Lauren camminavano lentamente in fondo alla strada. Non avevo proprio nulla contro Lauren, pensai. Ma proprio in quel momento era come un capello nella minestra.

Wherever you may go I will follow.

Avevo la punta delle scarpe esattamente sul confine tra la strada comunale ed una proprietà privata. Ad alcuni metri più in là, si ergeva un'enorme villa con terrazza e vialetto ed una porta blindata introduceva in un'altra vita. Una vita della quale a lungo avevo sognato e letto e che sapevo un giorno avrei condiviso.

Nel giardino era parcheggiata una macchina blu ed un carrozzino. Era una vecchia Opel Sonetto? La macchina, decisamente, mi deluse. Mi aspettavo qualcosa di più imponente da parte di Pål – una quattro per quattro sportiva oppure una Jaguar d'epoca.

Il mio stomaco era in subbuglio. Alla mia età, c'erano dei limiti di tolleranza al liquore al caffè. Mi si stava rivoltando ed una leggera nausea cominciò a salire nel corso degli ultimi minuti, eppure avevo bevuto la birra per mantenere in equilibrio i liquidi. Ero rimasto lì a lungo, per l'esattezza due ore e quattro minuti, nascosto dietro un cespuglio. Ero riuscito a infilare anche la bicicletta.

La forma non era del tutto corretta. Era come se il corpo mi costringesse a inginocchiarmi. Ma c'era qualcosa di cui preoccuparsi ora? Dovevo semplicemente consegnare un libro ad un fratello di spirito. Niente di più, niente di meno.

La dedica sul libro era semplice e di effetto: A Pål da Hobo. Buona fortuna per la paternità!

Quest'ultima cosa era un tentativo di andargli incontro. I bambini non erano il mio campo, ma i neo-papà amavano che si ricordasse loro lo status di sostenitori della famiglia, sia che fossero artisti di successo che autisti di autobus; ora non dovevo fare altro che suonare il campanello, presentarmi e consegnare il regalo. Non poteva andare peggio.

Bevvi un altro sorso di birra e andai alla porta. Forse barcollavo un po'. Forse ero spettinato, ma avevo la vestaglia sulla camicia hawaiana. Buttai la bottiglia vuota nel cassonetto. Ma non avevo fatto che pochi passi verso la casa che provai una pugnalata di cattiva coscienza. Che razza di impudenza era quella di buttare la propria spazzatura nel cassonetto degli estranei senza aver prima chiesto il permesso? Ritornai al cassonetto e aprii il coperchio.

La puzza mi colpì appena mi chinai dentro. La bottiglia si era infilata tra due buste dell'ICA. La nausea fu all'improvviso incalzante, lasciai ricadere la bottiglia e boccheggiai per riprendere fiato.

Mi accorsi di avere qualcosa di rosso sulla mano. C'era un feto morto lì dentro? Il cadavere di un vecchio amico che era comparso spiacevolmente durante l'ora della nanna del piccolo? Sì, cosa si nascondeva effettivamente sotto "Sycamore Leaves"?, pensai. Corpi di suicidi, bambini stuprati o seviziati? Oppure solo fantasie progettate e represse? Pensai al lato oscuro dei testi di Waaktaar. Superficiali e profondi allo stesso tempo. L'equilibrio tra successo e sconfitta. Mi ero sbagliato sul conto di quell'uomo?

L'immagine del mio fratello spirituale aveva all'improvviso mutato le sue dimensioni, ma poi capii cos'era quel rosso: Salsa!

Stavo quasi per piangere. Eravamo più che fratelli spirituali? Ci piaceva persino lo stesso cibo? Quel pensiero mi risollevò subito e leccai avidamente la salsa sulla mano. Dolmio? Quasi sicuramente, e dopo una rapida sbirciatina alle buste di spazzatura ritrovai la bottiglia che avevo nella tasca e che avevo buttato prima di avviarmi lungo il vialetto.

In mezzo al giardino rallentai l'andatura. La vista di una figura alla finestra mi fece deviare la direzione e mi addentrai nel parco. Forse era meglio non disturbare, forse il bambino dormiva, pensai. Meglio fare un giro in giardino prima.

La famigliola era seduta per terra. I genitori parlavano e giocavano con il piccolo, presto sarebbe stata l'ora di cambiare il pannolino, lo compresi dall'attrezzatura già pronta: pannolino pulito, salviette umidificate, la crema e il borotalco.

Avevo una buona veduta dal mio punto di osservazione sulla veranda. Mi sorprese un po' il fatto che non ci fossero molti mobili in una stanza così spaziosa. Cos'era questa novità? Era in quelle condizioni che si lasciava crescere un figlio? Oppure è così che vivono le pop star?, mi chiesi. Un conto corrente bancario strapieno e neanche un mobile! Forse non era molto pratico avere tanto arredamento che si impolverava quando si partiva per un tour, ma c'è modo e modo!

Il bimbo guardò inebetito il suo famoso padre e ruttò. Fu troppo per me, con una mano sulla bocca e la fronte schiacciata contro la finestra, mentre lui si accingeva a cambiare il pannolino, la nausea prese il sopravvento e vomitai sulla veranda.

Quando finii, mi voltai verso la porta di ingresso. Erano scomparsi. L'odore caldo e rancido del vomito si propagava dalla veranda mentre scendevo traballante per le scale. Lasciai dietro di me la casetta per uccelli. Non si intravedeva nessuno dietro le tende della casa o fuori sul vialetto, ma le sirene della polizia si avvicinavano.

Highbrow, posso condurla da qualche parte? – disse la poliziotta Hansson.

Poteva condurmi, sì, ma DOVE era tutta un'altra storia. Mi sedetti sul sedile posteriore sperando per il meglio.

Fuori a far ricerche? – disse Hansson

Fuori a prendere aria – dissi

Sì, è quello di cui noi scrittori abbiamo bisogno – disse Hansson

Aveva chiaramente detto "noi", ma mi stava bene così. Ero sfinito e volevo dormire.

Sono stata così ispirata dopo la nostra ultima conversazione che ho cominciato a scrivere una poesia nuova – disse Hansson.

Brava, Hansson, te lo meriti – dissi

Il fatto si svolge nel 2077 – disse Hnsson

Perché?

Non lo so – rispose.

Dannazione, devi sapere il perché ! – urlai

Mi sembrava che tu avessi detto che non bisognava spiegare tutto al lettore –
rispose intimidita
No, infatti, il lettore se la cava da solo!
Poi, cominciò a raccontare il soggetto della poesia che aveva intitolato *Vita da passero*" e che aveva 23 personaggi diversi, tutti imparentati tra loro nei modi più imprevedibili, come si sarebbe rivelato alla fine. In un batter d'occhio mi addormentai.

36

Mi svegliai di soprassalto, e rimasi seduto sul letto. In bagno, qualcuno aveva aperto il rubinetto e al piano di sopra un cane abbaiava. Cosa vedevo laggiù? Non era la mia scrivania? E sulla scrivania erano messi in ordine i fogli che ritenevo di conoscere.

L'acqua smise di scorrere in bagno e poco dopo sentii qualcuno sbattere una porta. Mi alzai e andai in cucina.

Accidenti !, era proprio carino, ora! Il frigorifero, le mensole e Gauguin erano tornati al loro posto e le credenze colorate di rosso davano un tocco di vita contro lo sfondo verde delle pareti.

Sul tavolo c'era un messaggio:

Ciao Hobo!
Ci vediamo al Fire Høns alle 12.00. Guida Higgins. Il vestito è appeso nell'armadio.
Helle

Una coca cola ghiacciata era stata messa sul bordo della vasca da bagno e solo ora mi accorsi che nella stanza risuonava della musica classica.

Riuscii a intravederla. Camminava tra le fila di abiti per bambini nel negozio a fianco al Fire Høns. Entrai e le posi una mano sulla spalla.

Oh sei tu! – disse girandosi – stavo giusto appunto dando un'occhiata a questa tutina, non è carina?

Carinissima – dissi.

È così piccola – disse Helle

È grande al punto giusto. La prendi?

I maschietti non si vestono di rosa – disse Helle

Compriamola – dissi.

Helle pagò. Un istinto mi spinse a baciarla sul collo. Senza pensarci mi chinai e toccai la sua spalla con le mie labbra secche e screpolate. Cosa mi stava accadendo? Un vento autunnale accarezzò il mio orecchio, portando via i pensieri.

***

La piccola cappella era quasi vuota. Succede così quando si rimane a letto fino a tardi e si ascolta la radio, pensai. Succede così quando si beve troppo vino rosso e si mangia solo cavolfiori. Se vuoi che gli amici vengano al tuo funerale, allora devi uscire all'aria aperta e conquistarteli.

La bara era per terra con una corona solitaria sopra, al primo banco sedeva Herman, da solo. Se non era proprio addolorato, per lo meno sembrava pensieroso. Era lui il più anziano della famiglia, ora. Significava avere maggiori doveri nel mantenere l'ordine genealogico e portare i fiori alle tombe di tutti i cari estinti.

Ci sedemmo in fila dietro Herman. Higgins, Haagen, Hagbart, Helle, Harald ed io. Ci sedemmo a guardare la bara, mentre l'organista suonava una musica un po' troppo conviviale. Perciò Haagen si alzò e cominciò a suonare "*Öppna landskap*" come non aveva mai fatto prima. Avevamo tutti le lacrime agli occhi e pensavamo alle nostre vite effimere e all'importanza di prenderci cura l'uno dell'altro.

Il prete parlò a lungo della fiducia e del rispetto. Poi si lanciò, infruttuosamente, in un lungo racconto sulla vita della signora Høilund. Cominciò dall'indipendenza del 1905, passando attraverso i difficili anni '30, si soffermò sulla guerra prima di planare morbido sull'ultimo anno di vita di Hulda, con il suo orecchio attaccato alla radiolina di marca sconosciuta. L'apice fu una descrizione commovente di una foto del 1967. Poi ci fu il silenzio e il prete mi fece segno di avanzare. Mi posizionai davanti la bara. Dal secondo banco risuonò un leggero tambureggiare: Haagen e Hagbart accompagnarono la mia lettura come ultimo saluto a zia Hulda. Aprii la bocca e declamai con voce forte e chiara:

Prendimi
Accettami
Me ne andrò
Tra un giorno o due

Non è stupido dirlo
Sono a pezzi
Ma sono io che inciampo
E comincio a capire che la vita è bella
Di' dopo di me
Meglio essere in salute che tristi

Prendimi
Accettami
Me ne andrò
Tra un giorno o due

A parte noi, la sala d'attesa era vuota. Era spaziosa e bianca, su una parete era appesa la locandina che invitava a visitare la mostra di Frans Widerberg che si era svolta un giorno intorno agli anni '80 e che si potevano invitare suocere e mogli, venite e comprate. Un uomo alto e allampanato sullo sfondo di un paesaggio sottolineava quell'invito.

Vado in bagno – disse Helle.

Va bene

Mi guardi la borsa?

Come un mastino – risposi e afferrai la borsa tenendola stretta.

Fuori dalla finestra, si vedeva il vento spazzare le fronde degli alberi intorno all'ospedale e la pioggia batteva contro la finestra. Tutti gli uccelli migratori erano già da tempo andati a svernare in Spagna.

Spostai la borsa di Helle sul grembo. Non c'era nessuno, ma meglio mettersi al sicuro. Avevo avuto le mie amare esperienze in quel luogo. Eh sì.

Il telefono di Helle squillò. Lo presi e controllai il numero. Era uno degli interni del VG.

Ora che la stagione del golf era finita, non aveva altro da fare che telefonare alle mogli degli ex- dipendenti per ciarlare. Lasciai squillare il telefono e seppellii la borsa sotto alcune riviste ammucchiate in un angolo.

Che le donne hanno tutto in disordine nelle loro borse è una cosa di cui in genere gli uomini sono consapevoli e per il quale fanno dei "numeri" incredibili. Si alterano e cercano di mettere ordine di tanto in tanto. Io stesso avevo imparato ad apprezzare questo lato della donna. Diedi un'occhiata agli annunci immobiliari di Hult & Hansen che avevo trovato nella borsa di Helle. La proprietà messa in vendita era un villino a schiera ad Havreveien, Manglerud. Il prezzo non era esorbitante e vi erano molte camere da letto, una cantina, un giardino annesso con erbacce e concime.

Quando Helle tornò dal bagno, il telefono squillò di nuovo:

Non prendere la telefonata – dissi – E' solo Holm

Cosa vuole?

Non lo so

Smise subito di squillare, rimanemmo seduti a guardare davanti a noi e ascoltare il sibilo del condizionatore.

Sai cosa significa TASSOBARBASSO? – disse Helle

Certo – risposi

Cosa?

È una pianta delle Scrofulariacee con foglie ricoperte di folta peluria biancastra e fiori gialli a grappoli profumati.

Esatto! – esclamò Helle

Detto anche *verbasco* – dissi

Quante cose sai! – disse Helle.

Pål H. Christiansen

Pål H. Christiansen è nato il 9 settembre del 1958, lo stesso giorno di Leo Tolstoj. È cresciuto a Oslo, Norvegia, nel quartiere di Blindern/Vinderen. Dopo il liceo a Oslo (Handelsgymnasium nel 1977) si è iscritto alla facoltà di Giurisprudenza dove ha studiato per diversi anni, senza mai laurearsi....

Pål desiderava diventare uno scrittore ed ha frequentato un corso di scrittura a Bø nel Telemark. Qui ha imparato come essere allo stesso tempo raffinato e incisivo e a utilizzare ...la gomma da cancellare. Nel 1989 ha pubblicato il suo primo romanzo "Harry var ikke ved sine fulle fem – Ad Harry mancava 1 per far 31", seguito da "Neer" nel 1995 e da "Kongens løv – Le foglie del Re" nel 2000, "Humle og Honning – Bombo e Miele" nel 2001, e "Drømmer om storhet – Sogni di Grandezza " nel 2002. Il suo primo libro per l'infazia, "Fjodor går bananas ", è stato pubblicato nel 2006, il secondo della serie, "Fjodor i fritt fall – Fjodor in caduta libera", nel 2007. Nel 2008 è stato pubblicato il terzo libro della serie di Fjodor "Fjodor og det store smellet – Fjodor e il big bang", e nel 2009 "Fjodor på skolen – Fjodor a scuola".

Christiansen ha ricevuto il prestigioso premio letterario "Tiden-award " nel 2001. Lavora anche come giornalista freelance e per il "Dagligvarehandelen". Dal 1993 al 2004 cura una propria rubrica "Hermans hjørne – L'angolo di Herman" per il "Dagligvarehandelen". È stato editore per "Butikk i Praxis" dal 1999 al 2005.

Infine, Christiansen è proprietario di una piccola casa editrice, "Fabula", che ha pubblicato libri quali "Lille Gul og Lille Blå – Il piccolo giallo e il piccolo Blu" di Leo Lionni, "Den røde ballongen – La mongolfiera rossa" di Albert Lamorisse, "Pusen med de blå øynene – Il micio dagli occhi azzurri" di Egon Mathisen e "Asymmetri - Asimmetria" di Inger Frogg Jørgensen.

Il sito: www.phc.no